세월의 바람개비

노광훈 지음

노광훈 장편소설

세월의 바람개비

노광훈 지음

/ 작가의 말 /

기다림은 희망이 있다

　〈세월의 바람개비〉는 작가가 태어나 자란 인천과 서울을 배경으로 쓰여졌으며 서우라는 주인공을 통해서 황해도에서 6.25와 1.4 후퇴로 아버지와 헤어져 살았던 한가정이, 자유를 찾아 월남하던 시절, 여섯 살의 어린 나이로 바라본 그 시절 이야기부터 60년대부터 70년대 고도성장을 겪어 오면서, 어렵고 가난했던 시절을 살아오는 서우라는 주인공의 어려웠던 시절의 이야기와 쉴 사이 없이 돌아가는 세월의 바람개비처럼 돌아가는 세월 속에서 역사적 사건들을 접하며 살아갈 수밖에 없었던 젊은이의 번민과 고뇌, 그리고 이런 속에서도 불치의 병 백혈병에 걸려 투병하는 마리아란 한 여인을 죽도록 사랑하는 주인공의 아름다운 사랑 이야기를 담았다.
　이 이야기는 내 이야기기도 하고 60년대부터 70년대 이후에 살아온 우리 부모님들의 이야기이기도 하다.
　한 해가 순식간에 지나고 다시 가을이 왔다. 부모님과 아내의 추모공원을 다녀오며 가을 옷으로 단장하고 있는 노란 은행잎을 보며 덧없이 한 해가 가고 있음을 실감한다.

지난겨울은 혹독한 추위였다. 연이어 시작된 여름은 나이 드신 분들에게는 더욱 견디기 어려운 여름이었다.

올해 초 나뭇가지마다 새 순 돋을 때 한 해가 언제 가려나 했는데 이렇게 세월의 바람개비는 멈추지 않고 돌고 있었다. 오늘 추모공원을 돌아오면서 하나 둘 떨어져가는 잎새를 보며 마지막 순간 임종을 앞둔 누군가 옆에서 마음 아파하는 눈길로 내려다보는 이상한 느낌을, 한 잎 달랑 매달려있는 떨어지는 잎새에서 느낀다.

뒤돌아보면 어느 누구나 절망하고 번민하고 희망이 없다고 생각하며 모든 것을 도피하려 했던 날들이 얼마나 많았던가?

젊은 날의 도피는 아무것도 가져다주는 것이 없다. 어느 누구도 책임져 주지 않는다. 탈출구를 스스로 찾아야한다. 그러나 우리 젊은이들은 나약하여 쉬운 곳으로만 가려한다. 쉬운 것만 찾으려 한다. 이런 것들은 달콤하고 서늘한 유혹들이다. 그러나 마음 한 구석 깊숙한 곳에서 피어오르는 단어하나, 희망.

기다림은 희망이 있다는 말이다. 이것을 이루기는 너무도 힘들고 귀찮은 일이지만 난 이 희망을 택하기로 했다.

난 글을 잘 쓸 줄 모른다. 그래도 희망이 보이기에 마지막 얼마 남지 않은 날을 위해 이 붓을 잡고 무엇인가 쓰고 싶어진다. 결코 누구에게 인정받기 위해 쓰는 것이 아니라 나 자신을 단련시키고 남는 시간을 침묵하면서 내 생각들을 활자에 담으리라.

난 어린 시절 6.25라는 전쟁을 겪으며 아버지와 헤어져 이별을 하며 살았었다. 지금도 남북으로 갈라져 떨어져 살고 있는 이산가족이 많다. 전쟁 중 아버지는 공산당이 된 친구에게 끌려가 혹독한 고문을 당했다. 무슨 일 때문이었는지 나이 어렸던 난 잘 모른다. 그래서 아버지는 가족을 버리고 1.4후퇴 때 단신의 몸으로 월남했었다.

그때 어렸을 때 부모로부터 들었던 이야기를 언젠가는 꼭 쓰고 싶었고 우리 세대에 어려웠던 기억들을 자라나는 젊은 세대들이 그런 일도 있었구나 하고 돌아보는 계기가 되었으면 좋겠다.

오늘날처럼 경제 발전을 이루기 위해 모든 걸 바쳤던 우리네 부모들의 이야기. 그러나 지금 남은 건 빈껍데기가 되어 서 있는 우리 어머니와 아버지들이 이루어낸 것들을 어찌 다 헤아릴 수 있겠는가? 그 아픈 사랑과 희생, 복원할 수만 있다면 복원해 보고 싶었다.

글을 쓴다는 것이 나에게 어울리는지는 나도 모른다.

그 젊은 날, 내가 문예창작과를 가서 체계적으로 글 쓰는 법을 배웠더라면 더 나은 이야기를 쓸 수 있었을 텐데 막연히 그렇게 생각해 보곤 한다. 아마도 이 책이 내 생애의 마지막 작품이 될 수도 있다.

이 졸작이 읽히는 분들에게 누가 되지 말고 때론 작은 낙서가 읽히는 모든 이들에게 작은 위안이 되는 글이 되었으면 한다.

2019년 첫눈이 내리는 창가에서
노광훈

차 례

작가의 말

기다림은 희망이 있다 • 5

소설

세월의 바람개비 • 13

수필 · 시

내 작은 낙서 • 215

소설

세월의 바람개비

오늘도 한 생명이 새로 태어나고 또 한 생명이 죽어 간다. 지구 어느 곳에서든 오늘도 새로운 사람이 태어나고 먼저 태어난 사람이 이 지구상에서 죽음으로 사라진다. 죽음에는 순서가 없다고 말들 하지만 그래도 먼저 태어난 분들이 먼저 세상을 등지는 일이 많을 것이다. 우리 인류가 존재 하는 한 끊어지지 않고 생명은 이어지고 끊어지지 않을 것이다. 인간만이 아니라 모든 생명체는 알게 모르게 태어나고 죽음으로 사라져 간다.

신은 왜 죽음이란 형벌을 인간들에게 만들어 놓은 것일까. 인간에게 만들어 놓은 신의 법칙이 원망스러울 때가 있다. 성경은 죄의 삯은 사망이라고 말하고 있다. 죄를 짓기 때문에 죽을 수밖에 없다는 것이다. 차라리 인간이 느끼지 못하게 살 만큼 살다가 저절로 소멸되어 시들어 죽어 버리고 마는 식물처럼 살아지게 하였더라면 하고 막연한 생각을 해 본다. 세상에 살고 있는 사람들은 살아 있는 한 죽음 앞에서는 누구나 경건한 마음으로 슬퍼하며 또 시간이 흘리기면서 죽음에 대하여 시간과 함께 잊혀 갈 것이다.

사람은 누구나 태어날 때 큰 소리로 응애 응애 울며 태어나고 눈을 감는 순간은 조용히 숨을 멈추고 만다. 때론 어린 아이가 태어날 때 울지 않아 의사로부터 볼기를 맞고 우는 아이도 있다는 소리를 들었던 기억이 있다. 그러나 누구든 태어날 때는 울음을 터트린다. 엄마 뱃속에서 해방감에 자유에 대한 몸부림으로 울음을 터트리는 것일까?

어떻게 세상에 나왔든지 인간은 누구나 태어날 때와 죽음을 맞이할 때가 가장 순수한 인간의 본연의 모습을 보는 것 같다. 가장 순수한 모습으로 죽음을 맞이하는 사람들, 가장 순수한 인간의 본성이 죽음 앞에서는 가진 사람이나 못 가진 사람이나 다 같은 것을 신은 인간들에게 주신 것 같다. 죽음 앞에서는 인간의 본성이 다 드러나는 게 아닐까 생각해본다. 그래서일까?

박경리 씨는 "토지"에서 임이 네의 죽음 앞에서 이렇게 말하고 있다.

"그것 다 인생을 잘 못 살아서 그런 거야. 죽음을 맞이할 때야 말로 어떤 형태로든 숨김없는 한 인간의 결산이 나온다고들 하지."

사람은 누구나 죽음을 맞이할 때 그 사람의 모든 것이 드러나고 평가 된다고 하지 않는가? 산다는 것은 누구나 죽음으로 한 걸음씩 다가가는 연습을 하고 있는지 모른다고 생각하며, 살아 있을 때 모든 사람들에게 욕되지 않은 존경받는 모습을 보이며 살아야 한다고 생각한다. 세상을 살아가면서 세상에 있어서는 안 될 사람이라는 지탄을 받는 삶을 살아서는 안 된다. 그러나 누구나 생각은 올바르게 살아가겠다고 다짐하지만 세상살이에서 살아가는 동안 알게 모르게 해서는 안 될 행동들이 나오게 되는 것이다. 그것이 현실생활에서는 마음대로 실행되지 않고 있으니 문제다.

인간들은 어느 누구나 천 년 만 년 살 것처럼 움켜쥐려고만 한다. 한번 움켜진 주먹을 펴려고 하는 이는 드물다. 그러나 누구나 죽음 앞에서는 가장 숭고할 수밖에 없다. 성인들이 주먹을 움켜지고 있는 이는 없다. 예수님도 석가모니도 모두다 손을 펴고 인자한 모습이다.

주먹은 폭력을 의미한다. 주먹은 힘을 과시한다. 그래서일까? 인간의 마지막 순간을 보면 누구나 거의 손을 펴고 죽어가는 것을 많이 목격한다. 죽음이야말로 가장 순수한 마지막 인간의 양심인지 모른다.

서우가 이 노인의 입원 소식을 며칠 전 들은 것은 금년 들어 첫눈이 내리던 추운 겨울날이었다.

이 노인이 입원 하였다는 소식을 듣고도 차일피일 미루어 왔다. 산다는 것이 모두 귀찮고 온 몸에 맥이 풀리고 이대로 주저앉을 것만 같고 몸이 이유 없이 천근만근 나른하고 힘이 빠져 모든 것이 손에 잡히지 않았다. 서우도 나이를 먹고 있고 세월은 못 속인다는 말이 맞는 것 같다. 쉽게 발이 떨어지지 않고 마음이 따라 주지 않았다. 특히 서우는 겨울 두드러기가 심한 편이다. 찬바람을 맞으면 온 몸에 붉은 두드러기가 생기며 가려움으로 고통을 준다. 그래서 되도록이면 겨울 찬 날씨를 피하여 밖에 출입을 잘 하지 않는 편이다. 언제 이 두드러기 병이 생겨났는지 알 수 없다. 그러나 무슨 일이 있어도 오늘은 병문안을 다녀오리라 마음을 먹었다. 그러다 돌아가시면 영영 보지 못하고 후회할 것만 같았다. 최근 들어 들려오는 소식은 대부분이 간밤에 돌아가셨다는 소식이 문자 메시지를 차지하고 있다.

그만큼 서우도 나이 들어가고 늙어가고 있다는 증거다. 주변에 연세 드신 분들이 많다는 증거일 것이다.

노인들은 밤새 안녕이라는 말이 있는 것처럼 언제 이 세상을 하직하실지 예언하기 힘들다.

서우가 살고 있는 아파트 건너 동 할아버지도 어제까지도 건강하시고 말씀도 잘하셨는데 어젯밤 주무시다 심장마비로 돌아가셨다고 한다.

오늘은 모든 일들을 제쳐놓고 문병을 다녀와야지. 서우는 모든 일들을 뒤로 미루어 놓았다. 그리고 마음이 결정된 대로 행동에 옮기기로 했다.

외출 준비를 위해 목욕탕에 들어가 샤워를 하며 자신의 얼굴을 거울에 비추어보면서 새삼 드러난 자신의 모습을 오랜만에 보는 것처럼 세세히 거울에 드러난 얼굴을 살펴보았다. 정말 나도 많이 늙었구나 생각하며, 양미간에 노인 특유의 검버섯이 여러 개 선명히 서우의 신경을 건드리고 마음을 아프게 했다.

요사이는 피부과 병원에 가면 간단히 제거 할 수 있다고 친구들이 제거하라고 했지만 서우는 생긴 대로 살겠노라 말한 적이 있다. 인위적으로 피부를 수술한들 그것이 자연 모습 그대로 남아 있겠는가? 아마도 본래 모습으로 되돌아가고 말 것이다.

서우는 샤워를 끝내고 오랜만에 깔끔하게 면도를 했다. 한결 깨끗해진 느낌이 들었다. 나이 들수록 깔끔하게 하고 다녀야 한다고 서우를 만나는 사람들은 이구동성으로 말하곤 한다.

그렇나. 나이가 들수록 깔끔하게 하고 살아야 하나고 생각 한나. 서우 또래의 사람들을 만나면 손주들도 할아버지가 예뻐서 다가가 안아주려 하면 할아버지 냄새 난다고 도망치는 손주들을 보면서 마음이 편하지 않다는 소리를 여러 번 들은 적이 있다. 서우 자신도 어떤 때 노인들이 옆자리에 있을 때 유독 노인들만의 특유한 냄새를 느낀 적이 있다. 서우는 다른 노인들과 달리 지나치게 깔끔한 성격이라 샤워를 하루에도 서너 번씩 하곤 한다. 왜 그런지 그러지 않고는 온 몸에 심한 냄새가 가시지 않는 느낌이 들 때가 있다. 너무 지나치게 몸을 씻다보니 온몸이 건성 피부가 되어 가려움에 고통을 받기도 한다.

서우의 어린 시절은 가난했다. 세끼 밥 먹기도 어려웠던 시절에 꼭 이 대학교를 나와야 한다는 생각도 없이 막연히 힘들게 다녔던 모교를 찾아가는 것이다. 한동안 서우는 이 학교에 갈 이유도 없었지만 갈 기회가 있어도 피해 다녔다. 고통스런 옛날 기억이 되살아나기 때문이다. 그 학교 안에 이 노인이 입원해 있는 병원이 자리 잡고 있다.

아마도 서우가 이 학교를 가게 된 것은 아버지와의 다툼 때문이었다. 가정 형편이 어려웠던 아버지는 서우가 빨리 교대를 나와 직장을 잡았으면 했다. 그 당시 교육대학은 2년제로 거의가 국비였다. 그래서 생활형편이 어려운 학생들이 자기 뜻보다 학비가 들지 않는다는 이유로 지원하는 일이 많았다.

서우는 남을 가르친다는 것이 마음에 들지 않았다. 또 성격이 남 앞에 나서는 것을 싫어하는 성격이었다. 무엇보다 더욱 싫게 한 것은 아버지처럼 박봉에 시달리는 선생님의 길을 택하고 싶지 않았다. 순전히 그 당시로서는 오기였다. 그때 서우의 실력으로는 떨어지기 십

상인 이 학교를 지원했었다. 정말 이를 악물고 밤을 새우며 공부하는데 매달렸다. 매일 밤을 3년 동안 이불을 제대로 펴고 잔적이 없는 것 같다. 순전히 아버지처럼 살지 않겠다는 저항과 오기였던 것 같다. 그리고 이러지 않으면 아무것도 못할 것 같은 절망감이 몰려왔기 때문이었다. 그리고 무엇 하나 내세울 수 없는 집안에서 이것마저 하지 않으면 아무것도 못할 것 같은 절박한 마음이 일었기 때문이었다. 지금 와서 생각하면 왜 그렇게 학교에 가려고 매달렸는지 모르겠다. 지금 생각하면 대학생에 대한 동경이었는지 모른다. 대학생 교복에 사각모를 쓴 그 모습에 반했는지 모른다.

정말 운이었다. 운이 좋게도 합격통지서를 받아들었을 때 서우는 골방에서 통곡하며 울었었다. 왜 그렇게 울음이 복 받쳐 왔는지 알 수 없다. 그동안의 긴장감이 풀어지며 며칠을 잠에 취해 있었는지 모른다. 가난한 집안 형편에도 불구하고 부모님이 마련해준 등록금 덕분에 어렵게 이 대학교를 다닐 수 있게 되었다. 경제적으로 어려워 대학교에 합격하고도 학업을 포기하는 학생들도 많았던 시절이다. 서우도 경제적 어려움으로 대학을 포기하고픈 날이 더 많았다.

그 당시는 동인천역에서 한 시간에 한 번 밖에 기차가 다니지 않았다. 서우는 ROTC 장교가 되고 싶었다. 그러나 그 꿈도 이루기 힘들었다. 인천에서 서울까지의 군사훈련 시간을 맞춘다는 것은 너무 힘들었고 시간적으로 불가능했다. 그리고 서울에서 하숙을 하거나 자취를 할 가정형편이 되지 않았다. 그 당시 아침 첫차는 서울로 통학하는 학생들이 기차의 질반이상을 메우고 있었다. 서우는 기차만 보면 그 어렵게 다녔던 그 시절이 머리를 스치고 지나간다. 정말 얼마

만인가? 모교라고는 하지만 어려웠던 시절을 생각하면 그 곳에 가고 싶은 생각은 좀처럼 들지 않았다. 이 모교를 찾아가는 나들이를 얼마만에 하는 것인가? 지금까지 그 주변으로 갈 기회가 없었다. 취업차 언젠가 졸업증명서를 떼기 위해 가본 이후로는 통 그곳에 갈 이유가 없었다. 옛날 어렵게 생활하며 학교생활을 했던 기억이 되살아나 의식적으로 피해 다른 방향으로 다닌 적이 많았다.

Y병원을 가기위해 인천터미널에서 신촌역까지 가는 시외버스를 타고 가리라 마음먹고 터미널로 나왔다. 터미널 안은 각 지방으로 떠나는 많은 여행객들이 넘쳐나고 있었다. 서우도 사람들 틈에 끼어 티켓을 끊고 신촌으로 향하는 시외버스에 올랐다. 시끌벅적하고 소란스런 터미널을 벗어나 정시가 되자 버스는 출발하였다. 밖의 풍경들이 세월의 주마등처럼 지나가고 있었다. 지금은 버스가 다녀 이렇게 편하게 다닐 수 있는 거리였는데 그 당시는 왜 그리도 어려웠었는지 모르겠다.

1시간을 달려 서우가 신촌역에 도착하였을 때는 점심시간을 알리고 있었다. 아침을 거른 서우는 갑자기 배고픔이 몰려왔다. 그래도 병문안 후로 점심을 미루었다.

Y병원으로 가려니 길들이 많이 바뀌었고 큰 건물들이 많이 들어서서 가는 길이 잘 기억이 나지 않았다.

서우가 학교에 다니던 시절에는 헌책방과 그래도 고풍스런 책방들이 여기저기 흩어져 있었는데 지금은 큰 대형 건물 속에서 서점을 찾아보기 힘들었다. 술집들과 명품 옷가게와 요즘 젊은 학생들이 좋아하는 음식점들과 커피 집들로 그득하게 메워 있었다. 지나가는 학생에게 병원 방향을 물었다. 젊은 학생은 친절하게 잘 알아들을 수 있도록 세밀하게 설명하고 가르쳐 주었다.

서우는 길을 걸으면서 요즘 젊은 학생들의 꾸밈 없는 활기와 상큼함에 나도 저런 시절이 있었나하고 부러움이 앞섰다.

서우가 학교 다니던 학창시절은 검정 물들인 군복 야전잠바 한 벌과 군에서 제대할 때 준 워커로 졸업할 때 까지 사시사철 신고 다니는 학생들이 많았던 시절이었다. 우리나라는 말할 수 없이 가난했던 시절이었다. 지금의 학생들을 보면 자신의 개성대로 형형색색의 옷 색깔과 차림으로 자신의 취향대로 옷을 구입해 입는 그들의 모습이 너무 부럽기도 했다.

서우는 근 20년이 넘도록 학교에 갈 일이 없었다. 모교로 가는 길로 걸어가면서 20년 사이에 너무 변하여 옛 모습은 찾아보기 어려웠다. 잘 기억도 나지 않았다. 10년이면 강산도 변한다는데 20년은 많이 흘러간 세월이었다. 서우도 이렇게 늙어가고 있는 것이다.

서우가 이 학교에 다니던 시절은 학교 정문까지 흙길이었고 비가 내리는 날이면 흙탕길이라 강의실까지 가면 물에 빠진 생쥐 같았다. 지금처럼 큰 빌딩도 찾기 어려웠다. 너무 많이 변하여 길을 잘 분간하기 힘들었다. 지나가는 젊은 학생들에게 몇 번을 물어 간신이 병원을 찾아 병실로 올라갔다.

병원도 대형화되어 깨끗하고 웅장하여 한참을 헤매다 병실로 가는 승강기를 찾을 수 있었다. 이런 대형 병원이 요즘은 종합대학마다 의과 대학이 신설되면서 세워졌다.

승강기 앞에서 서우는 몇 층까지 병실이 있나 찾아보았다. 특별한 이유가 있어서도 아니고 그냥 무심코 세는 사이 승강기가 서우 앞에 멈추었고 많은 이들이 내렸다. 서우는 문이 열리자 승강기 안으로 급히 들어갔다. 병실을 찾아 병문안 오는 사람들의 마음은 너나 할 것 없이 초조하게만 보였다, 어떤 사연들을 가지고 이 승강기 안에 서 있을까. 층을 알리는 초인종이 들리면서 많은 이들이 타고 내린다. 서우도 18층에서 내려 병실을 찾았다. 문득 옛날 학창시절 일들이 서우의 머리를 스치고 지나간다. 서우가 정신없이 강의실을 찾아 뛰어 다니던 건물이 병원 넓은 창을 통해서 눈앞에 펼쳐져 있다. 이 학교의 상징인 독수리상이 지금도 그 자리에 버티고 서있었다. 18층에서 내려다보는 대학 캠퍼스는 옛날 모습에서 신형 건물로 변화되어 있을 뿐 모습은 옛 모습 그대로였다. 병실 문을 열고 들어섰을 때 이 노인은 산소 호흡기를 낀 채 초점을 잃은 눈으로 서우를 맞이하였다.

서우는 이 노인을 보며 가슴이 메어지는 아픔을 느꼈다. 한 평생 가족을 위해서 모든 것을 희생하며 사시던 과묵한 성격을 가진, 법 없이도 사실 분이셨다.

그 옛날 다람쥐처럼 산을 타시던 모습은 그에게서 찾아 볼 수 없었다. 세월은 이렇게 사람을 추하게 만들어 놓고 있었다. 이 노인은 산을 너무 좋아하는 분이셨다. 항상 산 이야기만 나오면 신이 나서 말씀 하시던 생각이 떠오른다.

서우가 물은 적이 있다.

"형님은 꿈이 뭐예요?"

자신이 다시 태어난다면 산과 어울리다 지리산 같은 깊은 산속에서 죽고 싶다고 하셨다. 꿈이 에베레스트 산을 한번 가는 것이었다.

그 꿈을 지금도 꾸고 계실까?

그의 얼굴이 인생의 연륜을 말해주듯 꺼먼 검버섯과 이마에 깊게 팬 주름, 광대뼈가 드러난 얼굴이 오늘따라 더욱 서우의 마음을 아프게 했다.

이 노인은 숨을 가랑가랑 금방이라도 넘어갈듯 몰아쉬며 서우에게 손짓을 하며 의자에 앉기를 권하며 말문을 열었다.

"지금도 그때, 남으로 내려오던 때가 엊그제 같지."

이 노인은 수없이 내게서 들은 이야기를 숨을 몰아쉬며 꺼냈다. 왜 숨을 거두려는 이 순간에 매일 듣던 이야기를 또 끄집어내시는지 모르겠다. 찾아준 답례의 표시이리라.

"생각해 보면 우리는 많이 살았지."

"한 세기나 살아온 거나 마찬가질세."

"생각해 보면 우리 세대는 해방 후 우리나라 초대 대통령부터 지금의 대통령까지 지켜보면서 숱한 세월을 살며 많은 사건을 보면서 살아왔지. 자네나 나나 이것들을 다 겪으면서 살아온 세대지."

"정말 어려운 세대에 우리는 살았던 것 아닌가?"

초점을 잃은 그의 눈이 허공을 응시했다. 그의 그런 모습이 서우 마음을 찡하게 했다.

"옛날 같으면 우린 벌써 고려장 깜이지."

"의학이 점점 발달되고 우리나라가 잘 살게 된 덕분에 이렇게 오래 살게 된 거지 않나."

"아무래도 내가 오래갈 것 같지 않아. 오늘이 나의 마지막 날인지도 모르지."

　사람들은 누구나 죽을 때가 되면 자신이 갈 시간을 예측한다는 말이 맞는 듯하다. 서우 아버지도 돌아가시기 한 달 전쯤이었을 것이다. 서우에게 그동안 고생 많았다고 하시던 말이 떠오른다.
　이 노인은 숨을 가랑가랑 금방이라도 끊어질 듯 몰아쉬며 가족들이 내려다보는 앞에서 온 힘을 다해서 말하고 있었다. 이야기할 적마다 가죽만 남은 얼굴 전체가 찌그러져 안쓰럽기까지 했다.
　"그래도 난 행복한 노인네지. 내 옆을 지켜주는 가족들과 당신이 지켜주는 앞에서 눈을 감을 수 있다는 것이 좋아."
　이 노인은 가쁜 숨을 몰아쉬며 말했다.
　"의사 선생님은 나보고 옛날 직업이 무엇이냐고 묻데, 그래서 교사생활로 평생을 살았다고 하니까, 어느 탄광에서 일하신 분인가 했다는 거야."
　"폐가 시꺼멓게 다 굳어져 탄광에서 일하신 분이 아닌가했다는 거야. 소생시키기에는 우리 의술로는 할 수 없다는 거야."
　서우는 이 노인에게 힘이 될 말을 찾아내려고 해도 마땅히 떠오르지 않았다. 그냥 묵묵히 이 노인의 가랑거리는 소리를 듣고만 있었다.

　옛날 이 노인은 담배를 정말 너무 많이 피셨다. 그 시절은 지금처럼 금연을 몰랐다. 겨울에도 창문을 꼭꼭 닫은 채 교무실에서 담배를 피워도 당연한 걸로 알았다. 서우는 그 당시 숨이 막혀 쉬는 시간을 복도에서 어슬렁거린 적이 많다. 그 시절 여자 선생님들은 어떠했을까. 그 당시 선생님들이 스트레스를 풀 수 있는 유일한 방법은 담배가 손쉬운 해소법이었는지 모른다. 사모님이 그렇게 말리셔도 막무가내였다.

서우가 병문안을 다녀온 후 꼭 이틀 후 이 노인이 소천 하셨다는 부고를 받았다.

이 노인은 가족들이 지켜보는 앞에서 조용히 눈을 감으며 자신의 모든 시신은 필요로 하는 분에게 기증을 해달라고 가족들에게 유언으로 남겼단다. 자신의 장례식에는 아무도 부르지 말 것을 유언하셨다는 소식을 들었다. 서우를 만나면 항상 하시던 말씀을 실천하시고 돌아가셨다.

한 사람의 인생이 이렇게 허무하게 마감되고 있는 것이다. 예수님은 성경에서 말하고 있다. 죄를 짓기 때문에 죽을 수밖에 없고 인간은 누구나 자신이 지은 죄 때문에 세상을 등질 수밖에 없는 것이다. 어느 누구도 죽음을 거부할 수는 없다. 거부한다고 죽지 않는 법은 없다. 사대 성인들도 모두 죽음을 맞이하였다.

서우는 이 노인과 틈만 나면 옛날 어린 시절 남으로 탈출하던 이야기를 만나기만 하면 이야기 하곤 했다. 그렇게 반복해서 들은 이야기도 계속 들어주시며 재미있어하며 그 고통을 같이 나누기도 했다.

그러면 이 노인도 자신의 과거 이야기를 꺼내곤 쉬지 않고 이야기 하곤 했다.

노인들은 만나면 과거 이야기 밖에 없나 보다. 그래서 그런지 과거 이야기는 생생하게 기억하는데 현재 진행되는 이야기는 금방 듣고도 잊어버린다.

　이 노인도 정말 어려운 세대에 태어나 말할 수 없는 어려움을 겪었다고 한다. 이 노인은 어린 시절 아버지가 일본 노동자로 끌려가 그곳에서 갖은 수모를 당하며 초등학교 4학년을 마치고 해방이 되면서 우리나라에 들어왔다고 한다. 그때 아버지가 받은 노임은 다 휴지조각이 되어버렸고 노동판에서 일하시는 아버지의 노동으로 살아왔다고 한다. 아버지가 폐암으로 돌아가시고 어머니의 행상일로 아들을 키웠으니 얼마나 고생이 심했을까? 이 노인은 인천 월미도 부둣가에서 막노동하며 고등학교를 간신히 졸업하고 막노동판에서 등에 피가 맺히도록 일을 했다고 한다.

　서우가 중학교 다니던 시절은 우리나라 전체가 너나 할 것 없이 모두가 가난했다. 인천 월미도 앞쪽 송현동으로 가는 지금의 현대 제철이 있던 그곳으로 밀과 석탄차가 지나가곤 했다. 그때마다 밀과 석탄을 싣고 지나가는 트럭에 매달려 필사적으로 큰 대 꼬챙이로 찍어서 석탄과 밀을 훔치던 만석동 그 거리가 가끔 머리에 떠오르곤 한다. 필사적이었다. 살기위한 투쟁이었다.

　그 길가에 지금도 괭이부리 마을이 있다. 서우가 언젠가 지나가다 그곳에 살고 있는 노인들을 보았다. 예나 지금이나 그렇게 나아진 것 같지는 않았다. 옛날 모습 그대로였다. 서우가 3학년 담임을 맡고 있던 교사시절 서우 반에 괭이부리 마을에 사는 학생이 있었다. 가정방문차 방문했던 일이 있었다. 방하나 조그만 툇마루 같은 부엌, 그 속에서 6명의 식구가 살고 있었다. 중풍에 걸린 학생의 할머니가 서우를 맞이하였다. 서우는 그때 그 모습을 보며 얼마나 울었는지 모른다. 그 마을이 지금은 없어졌지만 그 흔적은 그대로 남아있다.

　이 노인은 서울로 올라와 영화 만드는 곳을 따라 다니며 허드렛일을 하면서 영화 찍는 일을 배우러 점심도 굶으며 쫓아 다녔다고 한다. 그것도 마음먹은 생각처럼 되지 않았다.

　그러다 어느 초등학생 가정교사를 하게 되었는데 그때 지금의 부인을 알게 되었다고 한다. 아내 되는 집안도 가난하기는 마찬가지였단다. 그래도 지금의 부인은 착하면서도 머리가 좋아 그 당시 어려웠던 명문 고등학교를 졸업했다고 한다. 지금 생각하면 개천에 용 난격이다. 이 노인은 아내 자랑을 신이 나서 하곤 했다. 자기를 만나지 않았더라면 정말 잘 살고 있을지 모른다고 여러 번 말씀하시면서 미안해하기도 했다. 가정 형편으로 대학을 진학하지 못했지만 좋은 아내를 만났다고 했다. 부인을 만나기전에 자신을 따라 다니던 부잣집 아가씨 이야기를 할 때는 신이 나서 큰 소리로 산 속을 걸으며 수없이 이야기하였다. 여러 번 들어도 서우는 재미있어했다.

어린 시절 그때 일이 주마등처럼 스쳐 지나간다.

멀리서 울리던 포성이 점점 가까이 울려오기 시작했다.

갑자기 펑 펑 포탄이 굉음을 내며 가까이서 터지기 시작했다. 요란한 기관총 소리가 가까이 서 울려왔다.

"여보 무슨 일이 났나 봐요?"

"포성도 울리고 총소리도 가까이 들려오는데요." 어머니가 겁에 질린 얼굴로 말했다.

"내가 나가보고 오지."

아버지는 주섬주섬 옷을 갈아입고 밖으로 나가셨다.

얼마 후 숨을 헐떡이며 돌아온 아버지는 얼굴 안색이 백지장처럼 변해 있었다.

"여보! 큰일 났어. 전쟁이 일어났다는 거야."

"아무래도 학교에 먼저 다녀와야 될 것 같아."

아버지는 곧 다녀 오마하고 학교로 급히 향하셨다.

서우 아버지가 근무하는 학교는 그리 멀리 떨어져 있지 않았다. 가까운 거리에 학교가 위치되어 있어 가까이서도 학교가 눈앞에 들어왔다.

처음 20세 때 아버지는 옹진 초등학교에 발령을 받으셨다. 젊은 나이에 교사의 길을 걸으셨다.

그 당시 아버지는 부농의 집안의 장남으로 태어나 종가집의 맏이셨다고 한다. 할머니 말씀에 의하면 다 살아 있으면 12명의 자녀를 두었을 거라고 하셨다. 항상 아이가 태어나면 그 당시 마마를 하다 죽고 아버지가 태어나면서부터 홍역을 이기고 잘 자라주었다고 한다.

할머니는 아버지를 너무 귀여워한 나머지 중학교까지 학교에 업고 다니는 경우가 종종 있어 아버지는 친구들에게 놀림을 받은 적도 많았다. 정말 손에 넣어도 아프지 않을 정도로 귀하게 키우셨다. 지나가시던 분들이 그 녀석 장수하겠네 하고 말이라도 하면 뒤주에서 쌀을 아낌없이 퍼다 주시곤 했다고 하셨다.

아버지가 중학교를 졸업할 무렵 할아버지는 술과 노름에 빠져 헤어나질 못하셨다. 아버지는 늘 저녁이면 할머니가 할아버지를 모셔오라는 성화에 못 이겨 할아버지를 찾아나서는 일이 많았다고 한다. 할아버지를 찾아나서는 일이 제일 귀찮고 싫었다고 하셨다. 노름방에 계시는 할아버지를 부르시면 한창 끗발 오르는데 할아버지를 불러 화투를 다 망친다고 찾아온 아들을 때리곤 했다고 하셨다.

할아버지의 노름으로 집 가산도 서서히 기울어져 아버지가 대학 갈 무렵 집안 형세도 기울지기 시작했고 그 많던 농토도 탕진되어 생활에 이려움을 겪게 되면서 공부를 잘했음에도 아들을 대학에 보내지 못하게 되면서 할머니는 화병으로 돌아가시고 할머니가 돌아가신 후 할아버지도 시름시름 앓으시다 3년 뒤 할머니를 따라 가셨다고 한다. 아버지는 그 이후로 어떤 일이 있어도 화투와 술 담배는 입에 대는 일이 없었다. 자식들에게도 허용하시는 일이 없었다. 서우도 평생을 살아오면서 아버지를 만나러 갈 때는 목욕재계하고 새 옷을 갈아입고 아버지를 만나 뵙곤 했다.

옹진 초등학교가 가까이 눈앞에 들어온다.

학교는 포탄이 터져 아수라장이 되고 여기 저기 부상당한 학생들이 넘쳐나기 시작했다.

서우 아버지 말씀에 의하면 나이 어린 여자 아이가 울고 있어 가서 일으켜보니 창자가 밖으로 나와 부둥켜안고 우는 아이, 팔이 잘린 아이, 다리가 잘린 아이, 눈을 움켜쥐고 우는 아이, 여기 저기 부상당한 아이들이 너무 많아 어떻게 해야 할지 모르게 부상자가 많았다고 한다.

서우 아버지는 동료 선생님들과 뒷정리를 다 마치신 후 늦은 밤에 집으로 돌아오셨다.

학교에서 늦게 돌아온 아버지는 급히 숨을 가쁘게 몰아쉬며 어머니께 말씀하셨다

어서 짐을 꾸리고 피난 갈 준비를 하라신다.

학교에 포탄이 여기 저기 떨어져 난장판이 되어 어떻게 다 처리할지 모르겠다고 하시면서 서우 식구들에게 빨리 피난 갈 준비를 하라신다. 아버지는 뒤 따라 갈 테니 우리 식구를 먼저 피난길에 오르게 했다. 잠시 학교에 다시 들러 못 다한 수습이 끝나는 대로 뒤 따라오시겠다고 말씀하시곤 다시 학교로 가셨다.

우리 식구는 어머니가 만들어 주시는 작은 보따리 하나씩을 어머

니와 누나는 머리에 이고 서우는 작은 짐 하나를 옆에 끼고 피난길에 올랐다.

서우가 어린 시절이라 피난 가던 길이 어디인지 생각도 나지 않는다.

어머니로부터 들은 이야기뿐이다. 그리고 구태여 지나간 이야기들을 신경 써 들은 적도 별로 없었다.

어머니는 꼭 6.25가 오면 그때 일을 아버지와 소근 소근 작은 소리로 말씀하셨다.

근 왕복 80 리나 되는 길을 네 살인 서우는 울지도 않고 신나서 걸었다고 말씀하시던 기억이 어렴풋이 떠오른다. 어머니는 항상 그때 일을 말씀 하실 땐,

"저 녀석은 장사야."

네 살 먹은 녀석이 어떻게 한 번도 업어 달라지 않고 왕복 80리 길을 걸어갔는지 모른다고 말씀하시곤 하셨다. 아마도 건강은 당신을 닮았다고 하시었다. 아버지는 그 당시 체구가 크시고 면 씨름대회에 나가 황소도 타신 분이라고 어머니는 말씀하시곤 했다.

서우가 어렴풋이 생각나는 것은 우리 온 식구가 해안가 어딘가 피난민들과 섞여 멍석을 뒤집어쓰고 숨도 못 쉬고 있을 때 인민군들이 들어와 소리치던 생각이 떠오른다.

"동무들 다 일어나라우." "이제 조국이 해방되었으니 기뻐하라우."

큰 소리로 조국이 해방되었으니 아무 염려 말고 다 자기 집으로 돌아가라고 외치던 기억이 어렴풋이 떠오르곤 하였다.

그 길로 서우네는 다시 옹진으로 돌아왔고 아버지는 이번에 인민

군에 잡히면 죽는다고 생각 하셨는지 가족들을 버리고 단신으로 월남하셨다. 어머니께 같이 남으로 가자고 하셨지만 도저히 물이 허리까지 차는 뗏목을 탈 자신이 없었다. 아버지는 꼭 데리러 오겠다는 약속을 하시고 생 이별을 하셨다. 아마도 그 당시 인민위원회는 경찰이나 군인 선생님들이 일차적으로 숙청 대상이었다는 말을 들은 적이 있다. 어머니는 예전에 살던 옹진으로 돌아와 불안한 생활이 시작되었다.

1945년 8월 15일 일본에서 해방된 후 일본의 무장해제를 위해 한반도를 북위 38도선을 경계로 남북으로 나누어 북쪽은 소련군이 남쪽은 미군이 진주하여 군정을 실시하게 된다.

이것이 고착화되어 남북이 각자 정부가 들어서고 1950년 6월 25일 새벽 4시에 김일성을 수장으로 하는 북한 공산군이 남한의 적화 공산화 무력 통일을 위해 남북 군사분계선이었던 38선 전역에 걸쳐 불법 남침함으로써 한반도에 전쟁이 일어나게 된다.

이것이 6.25 전쟁이다.

이맘때쯤이면 부모님은 작은 목소리로 6.25가 일어나던 때를 상기하며 도란도란 이야기가 흘러나온다.

서우는 어려서부터 잠자리에서 이 소리를 수없이 들으며 자랐다.

6.25당시 초기 낙동강까지 밀렸던 국군과 유엔군은 인천 상륙작전의 성공으로 서울을 되찾으며 북진을 거듭하여 압록강까지 이르렀다.

그러나 중공군이 참전하여 전세는 다시 역전 되었고 국군과 유엔군은 흥남부두를 통해 해상으로 철수하였다.

이때 북한 치하에서의 혹독한 생활을 경험했던 많은 주민들도 유엔군을 따라 대한민국으로 내려 왔다.

1951년 1.4후퇴가 시작되자 혹독한 공산치하에 시달리던 모습을 목격한 서우 아버지는 빈집의 문짝을 엮어 뗏목을 만들었다. 아버지 동료 몇 분과 우리 식구를 태워 남으로 내려가자고 어머니께 말을 했지만 물이 배꼽까지 차는 뗏목을 타고는 갈 수 없다고 말씀하시며 어머니는 남으로 가다 죽느니 차라리 애들과 여기 북에 남겠다고 하셔서 아버지 혼자 생사를 걸고 남으로 내려오셨다고 한다.

6.25 후 북에서 아버지는 공산당의 일에 협조하지 않는다는 이유로 모진 고문을 당했다고 하시던 말을 여러 번 들었다.

그 당시 아버지 중학교 동창이었던 성질이 포악한 다른 학생들과도 잘 어울리지 않던 모나고 가난했던 외톨이 학생이 있었는데 6.25가 나자 공산당 당원이 되어 나타나 공산당 완장을 찬 내무서원 동창으로부터 자기들의 일에 협조하지 않는다는 이유로 끌려가 혹독한 고문을 당하였다고 하신다. 그때 일을 생각하면 치가 떨린다고 말씀하시곤 했다.

이를 경험한 아버지는 북에서는 도저히 살 수 없다 하시며 혼자 가족을 다 버리고 1.4후퇴 때 남으로 가족을 버리고 단신의 몸으로 내려갈 수밖에 없었다고 한다. 그 고문의 악몽으로 평생을 시달리기도 하셨다. 서우는 아버지가 왜 가족을 다 버리고 단신의 몸으로 월남하게 되었을까 항상 궁금했다. 그 사실을 조금이나마 알게 된 것은 나이가 들어서야 조금 실감할 수 있었다. 김동길 교수의 글을 보면서였다.

그의 글

아 나의 조국-
대한민국이여-
일제 강점기에 중등교육을 마치고
태평양 전쟁 막바지에 초등학교 자격시험을 보고
평남 평안군 영유리라는 시골의 교사로 부임하여
3학년 담임을 맡았고 몇 달 뒤에 8.15를 맞았다.

학교를 그만두고 평양으로 돌아와 김일성이라는
젊은 소련 장교가 스탈린의 등에 업혀
"왕검성"에 입성하는 모습을 지켜봤다.

그는 소련군의 지시에 따라
인민위원회를 조직하고
적위대(Red Army)도 만들고
피비린내 나는 숙청을 감행했다.

우리 가족은 일제 때보다
더 잔인무도한 괴물 같은 정권의 횡포를 겪다 못해 38선을 넘어 월남을 결심했다. (김동길 글 중에서)

서우네 식구는 1.4 후퇴 때 아버지가 단신의 몸으로 남으로 내려가신 후 아버지와 떨어져 사는 이산가족이 되고 말았다. 지금도 이렇게 헤어진 이산가족이 얼마나 많이 남쪽에 살고 있는지 모른다. 서우아버지도 김동길 교수 연배였으니까 비슷한 상황에 처했을 것이다.

　아버지를 혼자 떠나보낸 어머니는 황해도 옹진에서 멀리 떨어진 해안가 목동이라는 곳에 외할머니가 살고 계셨으므로 임시로 외할머니 집에 머물러 있었다.

　그 당시 젊은 나이였던 어머니는 서우와 위로 누나와 세 식구가 살아야 했으니 귀하게 자란 외동딸이었던 어머니의 고생은 말하지 않아도 뻔한 일이었다.

　궂은일을 한 번도 해보지 않은 어머니는 무엇인가 해야만 했다. 하루 종일 남의 밭에 나가 일을 하시고 해가 진 저녁 무렵이 되어서야 집에 들어오곤 했다.

　어머니는 어느 날 옹진에 있는 아버지가 근무하던 학교 근방으로 이사를 가겠다고 말했다. 외할머니께서 어떻게 혼자 살려고 하느냐며 안 된다고 말리시는 데도 아랑곳하지 않았다.

　혹시나 아버지가 우리가 살던 곳에 식구를 데리러 올지도 모른다는 생각에, 학교 근방을 고집하셨다. 서우네 가족생활은 이렇게 시작되었다. 서우 어머니는 서우 아버지로부터 분명히 어떤 소식이 올 것이라 확신하고 있었다.

　그러나 서우 아버지로부터의 소식은 기다려도 아무런 소식도 오지 않았다.

　어머니는 서우와 누나를 키우기 위해 일을 하지 않으면 안 되었다.

부유한 집에서 곱게 자란 서우 어머니는 일을 한 번도 해본 일이 없었다. 그러나 먹고 살기위해서는 일을 해야만 했다. 남의 밭에 나가 고된 노동에 종사하고 얼마 안 되는 곡식을 품삯으로 받아와 저녁 늦게야 집에 돌아오시곤 하였다.

그 당시 다섯 살 밖에 되지 않은 서우는 동네 또래 아이들과 하루 종일 전쟁놀이로 산 속을 쏘다니다 어머니가 돌아오실 무렵이 되어서야 집에 돌아오곤 했다. 그 당시 서우 또래를 교육할 수 있는 시설은 아무것도 없었고 오직 놀이라야 전쟁놀이였다. 하루 종일 두 팀으로 나누어 숨바꼭질을 하며 사람을 죽이는 놀이에만 매달리며 노는 것이 놀이의 전부였다.

어린 나이였던 서우는 어머니가 무엇을 하시는지 몰랐다. 어머니는 우리가 잠든 사이면 밤마다 내 옷, 누나 옷, 그리고 어머니 옷을 솜으로 두툼하게 누비며 밤을 새우시곤 했다.

무슨 생각인지 우리남매는 어머니의 생각을 알 수가 없었다.

며칠 밤을 새우며 누비옷을 만든 어머니는 어느 날 우리들에게 이 옷을 입히고 작은 옷 보따리를 하나씩 안긴 채, 누가 어디 가느냐고 물으면 외할머니 집에 다니러 간다고 말하라고 일러 주었다.

누가 보면 틀림없이 바다에 나가 굴을 따러가는 아낙네 모습이었다.

무엇인가 서우가 알지 못하는 비밀이 벌어지고 있는 것만은 틀림없었다.

서우가 잠든 어느 날 밤 아버지 친구 한사람이 아버지 소식을 전해주고 기셨다고 한다. 그 당시 아버지 친구 분은 켈로 부대 요원이어서 몰래 북쪽을 다녀가곤 하셨던 것 같다.

아버지 친구 분은 아버지 증명사진 뒷면에 작은 글씨로 우리 식구를 몇 날 몇 시에 데리러 온다는 약속을 하셨던 모양이다.

그러나 비밀경찰들이 이 사실을 눈치 채고 있었는지 우리 식구는 감시 대상이 되었고 아버지 친구 분의 약속도 우리 식구를 데리러 온다는 날 약속이 이루어지지 않았고 약속도 지켜지지 못했다.

어머니는 결단을 내렸다.

"3.8선을 넘어 남한으로 가자."

감시 대상이 되어 행동도 제대로 할 수 없게 되었다. 그래서 큰 결단을 내리신거다.

여기서 죽나 남한으로 가다가 죽나 마찬가지다. 어머니의 결심은 실행으로 옮겨지고 말았다.

서우 식구는 외할머니 집을 나서 해안가 바다에 굴을 따러 간다는 핑계로 목동 바닷가로 나섰다.

사람의 인기척이란 아무 곳에서도 들려오지 않았고 그림자조차 찾아 볼 수 없었다. 이 지역은 민간인이 아무도 접근할 수 없는 지역이었다. 어머니는 어디서 이런 용기가 생긴 것일까? 바닷바람만이 쌩쌩 얼굴을 스치고 지나갔다. 아무도 찾아볼 수 없는 바닷가, 지금은 북한 땅이 되었지만 3.8선 경계가 완연히 갈리기 전에는 우리식구가 걸어가고 있는 지역은 대한민국 군인들이 거주하고 있던 지역이었다.

대한민국 국군이 있는 지역과는 4Km 정도 떨어져 육안으로도 보이는 바닷가, 지금 생각하면 비무장지대나 같았다. 그곳은 밀물 썰물 차가 심하여 물이 나가면 서우 나이에도 바다 한가운데를 걸을 수 있는 곳이었다. 모세의 기적이 이루어졌던 홍해바다처럼 하루에 한 번은 바다 가운데가 모래언덕으로 드러나기도 했었다.

그러나 4Km로 전체가 지뢰로 묻혀 있는 사람의 발길이 끊어진 이 곳 바닷가, 서우와 누나는 아무 말 없이 어머니 뒤를 따라 걸었다. 혹시나 한눈팔다 어머니를 놓치지나 않을까하는 조바심에 어머니 뒤만 보고 걸었다. 멀리서 외할머니가 근심어린 눈으로 우리를 보며 손을 흔들고 있었다. 어쩜 마지막이 될지도 모를 딸의 뒷모습을 눈물을 흘리며 보고 있었다.

같은 민족이면서 이념의 논리가 갈라 논 전쟁의 비극이었다. 이 길이 외할머니와의 마지막 이별이 될 줄은 아무도 몰랐다. 지금도 이렇게 헤어진 이산가족이 얼마나 많은지 모른다.

어머니는 서우와 누나가 따라오건 말건 바삐 걸었다. 쉴 사이 없이 빨리 걸으라며 재촉했다.

서우네 식구가 바다 중간쯤에 왔을 무렵 바다 물은 빠른 속도로 밀려들어 오기 시작했다. 누나와 서우는 물살에 떠내려가기 시작했다. 어머니께 물살에 떠밀려 간다고 소리쳐 불러도 소용없었다. 서우 어머니는 서우가 소리치든 말든 들은 체도 하지 않고 앞으로만 더 빨리 걸어 나갔다.

서우는 어머니를 놓치지 않으려고 이를 악물고 허우적거리며 따라갔다. 어린 마음에 여기서 어머니를 놓치면 영영 이별할 것만 같았다. 이를 악물고 허우적거리며 어머니를 쫓아갔다.

물은 밀려들어오고 인민군은 우리가 남으로 탈출하는 것을 눈치채고 기관총 및 소총 사격을 가하기 시작했다.

머리위로 총알이 빗발치듯 날아갔다. 죽느냐 사느냐 기로에 서있었다. 막바지에 이르게 되면 알 수 없는 힘과 용기가 생기나 보다.

남쪽에서도 인민군이 오는 것으로 알고 사격을 가하기 시작했다. 총알이 빗발치고 머리위로 날아갔다.

서우 식구는 진퇴양난에 빠졌다. 물은 들어오고 총알은 빗발치고 머리위로 날아가고, 총소리만이 정적을 울리며 귓가를 때렸다. 아무런 기억도 어찌할는지 서우와 누나는 몰랐다. 그저 어머니를 놓쳐서는 안 된다는 생각뿐이었다.

어머니는 갑자기 허리에 차고 가던 흰 수건을 머리위로 흔들기 시작했다. 이 수건을 본 남한 쪽 군인들의 총소리는 멈추었고, 귀순자로 단정하고 군인 세 사람이 바다로 걸어 들어와 서우네 가족을 안전한 곳으로 유도해 갔다.

구사일생으로 서우 식구는 남으로 탈출하는데 성공했다. 정말 영화의 한 장면이 끝난 것 같다. 서우는 그때일이 지금도 눈앞에 생생하다. 어린 나이에 일어난 사건인데 그 시절이 뇌리에서 사라지지 않는 이유를 잘 알 수가 없다. 사람에게는 진한 사건들은 쉽게 잊어지지 않는 것은 아닐까?

서우네 식구는 백령도로 이동되어 군인들이 내주는 옷으로 갈아입고 독방에서 어머니는 취조를 받았다.

귀순하게 된 동기며 누구를 찾아오게 되었는지 상세히 질문하기 시작했다.

심문하시던 분은 어머니께 몇 번이고 말씀하셨다.

"아주머니는 참 귀신입니다."

"4km에 온통 지뢰가 수없이 묻혀 있는데 한 번도 지뢰를 밟지 않고 어떻게 넘어올 수 있단 말입니까?"

"대단합니다."

"귀신입니다."

"이남에는 누가 있습니까?"

"애들 아빠가 있습니다."

어머니는 군인들이 묻는 질문에 모든 걸 상세히 말씀드렸고 취조는 계속되었다.

몇 시간의 질문이 끝난 후 서우네 식구는 모든 의혹에서 풀려나 자유의 몸이 되었고 내일이면 아버지를 만날 수 있다는 말을 들었다. 쉽게 아버지와 연락이 이루어진 모양이었다.

어머니와 서우네 식구는 긴장감에서 풀려나 온몸이 노곤 해지며 꿈속에 빠져 들었다 이젠 자유의 몸이 되었고 아버지를 만날 수 있을 것이다.

"아버지."

어린 나이인 서우는 여러 해 떨어져서 살아서 그런지, 철이 없어서 아무것도 몰라서일까, 아버지란 개념이 머리에 떠오르지 않았다. 아버지는 무얼 하시는 분일까? 어렴풋이 북에서 인민군이 들어오기 전날 피난 간 집들의 대문을 엮어 뗏목을 만들어 아버지 친구 분과 남쪽으로 가시던 기억이 어렴풋이 서우의 머리에 떠올랐다. 물이 뗏목 안으로 밀려 들어와 아버지 무릎 위까지 차올라도 아버지는 아랑곳하지 않았다. 생사를 넘나드는 필사적인 싸움이었다. 그렇게 가족도 버리고 떠나 헤어진 아버지다.

이튿날 우리 식구는 군인들이 마련해준 해안 경비정을 타고 인천 부두로 향했다.

푸른 바다, 망망대해의 푸른 바다는 서우가 타고 있는 배를 삼킬 듯이 파도가 심하며 배가 흔들렸다. 지금처럼 빨리 달리는 쾌속선도 아니던 시절의 배는 느리고 멀미를 가져다주었다. 그 옛날 들려주던 심청전에 나오는 공양미 삼백 섬에 뱃사람에게 팔려 빠져야 했던 심청이가 아비를 생각하며 물에 수장될 수밖에 없었던 심청전에 나오는 임당수가 있는 곳으로 배가 지날 때는 멀미가 심해서 서우는 한정 없이 토하기 시작했다. 속에 있는 똥물까지 다 나오는듯했다.

그러나 그것은 아무것도 아니었다.

남으로 와서 자유를 찾았다는 안도감, 서우에게는 잘 느끼지 못했지만 서우의 마음은 알 수 없는 새로운 세상에 대한 기쁨보다는 어린 작은 가슴에 불안이 일고 지나갔다. 어린 마음에 왜 이런 생각을 하고 있었는지 지금 생각해도 알 수 없는 일이었다. 어린 마음에 왜 그런 생각이 스쳐 지나갔는지 알 수 없었다.

얼마를 달렸을까, 꽤나 오랜 시간 만에 배는 목적지가 보이는 곳으로 향하고 있었다. 바닷가의 갈매기 떼가 자유롭게 날아올랐고 날씨도 쾌청했다. 하늘을 올려다보았다. 높다란 하늘이 한 폭의 수채화 그림처럼 서우의 머리를 스치고 지나갔다.

멀리 인천이 보이기 시작했다.

어머니가 서우에게 다가와 말씀하셨다.

"배가 당도하면 빨리 갑판에 나가보렴."

"너의 아버지가 부두에서 기다리고 있을 거다."

오랜만에 만나게 되는 아버지에 대해서 어머니는 어떤 생각들이 교차되고 있었을까?

서우는 배가 정박하는 부두에 훤칠하게 크시고 몸집이 건장한 한 남자가 초조한 마음으로 서서 누군가 기다리고 있는 분을 발견했다.

어린 나이인데도 나의 아버지라는 것을 직감했다. 피는 못 속인다는 말처럼 누가 알려주지 않아도 내 아버지임을 알았다. 서우네 식구와 오랜 기간 이별을 하고 혼자 남한으로 올 수밖에 없었던 아버지를 지금 만나려하고 있는 것이다.

눈물도 나지 않고 기쁜 마음도 그리 떠오르지 않았다. 아마도 너무 어려서 정을 못 느낀 탓일까? 배가 고프다는 생각밖에는 아무 생각도 떠오르지 않았다.

배가 부두에 당도하자 아버지가 갑판으로 뛰어 올라와 나를 와락 껴안았다. 눈가에는 온통 눈물로 범벅이 되어 있는 아버지를 정말 오랜만에 보았다. 부자의 상봉이 오랜만에 이루어지고 있는 것이다. 서우는 어떤 진한 감정도 느껴지지 않았다. 어려서 아무것도 모르기 때문이었을 것이다. 아버지의 눈가에는 짙은 이슬이 맺혀 서우의 어깨에 떨어졌다. 이런 것이 가족이란 것이구나.

서우네 가족은 극적으로 이렇게 다시 몇 년 만에 만날 수 있게 되었고 희망으로 벅차오른 새 가족이 탄생되는 느낌이었다.

지금까지 가족도 없이 혼자 사시던 아버지는 변변한 거처할 곳조차 마련이 돼있지 않았다.

그동안 변변한 직업도 없이 떠돌이 생활을 하고 계셨나보다. 부산까지 피난길에 오르셨던 아버지는 모든 시국이 정상으로 돌아올 무렵이 되어서야 인천에 정착하셨고 가족이 없으니 생활에 부담감도 덜하셨으리라. 그래서 그런지 직업도 없이 떠돌이 생활을 하셨던 것 같다.

　서우네 식구는 잠시 큰 이모님이 인천 중앙시장에서 장사를 하고 계셨으므로 그곳에서 임시 거처를 정하게 되었다. 그 당시 서우 이모님은 중앙시장에서 꽤나 큰 구두 재료 도매상을 하고 있었다. 방안은 온통 구두 재료들로 범벅 되어 있는 속에서 서우네 식구는 살림살이를 시작하게 되었다. 그나마 이모가 있으므로 다행이었다.

　고무 냄새가 진동하는 방이었지만 어쩔 수 없었다. 서우는 이 고무 냄새로 두통이 올 정도로 냄새가 싫었다. 그러나 어쩔 수 없었다. 한 가족이 다 만나 살아갈 수 있다는 고마움에 다른 것들은 그리 중요하지 않았다.

　아버지도 무엇인가 일을 해야만 했다. 가족이 생겼기 때문이다. 혼자 홀가분하게 생활하시던 이 생활에서 벗어나야만 했다.

　현실로 닥친 먹고 사는 일이 더 시급한 문제로 봉착 되었다.

　어머니는 아버지와 달리 사는 문제에는 억척스럽고 남달랐다. 그날로 시장에 나가 고구마와 성냥공장에서 성냥을 받아다 지금도 그대로 남아있는 화수동 기차가 달리는 철로 밑에서 장사를 시작했다.

　그 당시는 우리나라가 너무도 어렵고 가난하여 무엇이든 먹고 살 수 있는 것은 잘 팔렸다. 인천에는 성냥공장이, 그 당시로는 큰 공장이 있었다. 나이 어린 여공들이 이 공장에서 밤낮없이 일했다. 그 당시는 성냥이 없어서는 안 될 생활필수품이었다.

　생활필수품이나 먹는 것은 팔면 남는 시절이었다. 어머니는 장사

수완이 남달랐다. 한두 달 장사를 했나? 그때 조그만 노점을 마련했던 것이 기억난다.

이러던 차에 아버지는 교육청으로부터 교사 발령을 받게 되었다. 옹진초등학교 시절 교장 선생님이셨던 분이 남한에 와서 교육장을 하고 계셨다. 그것이 인연이 되어 아버지를 다시 교직에 몸담게 하셨다.

처음 부임한 곳이 소이작도란 작은 섬에 있는 이작분교였다. 서우는 아버지가 직업을 가졌다는 것보다 구두재료에 파묻힌 곳을 벗어나 냄새가 나지 않는 곳으로 갈 수 있다는 기대감에 너무나 마음이 설레었다. 네 식구가 중앙시장에서 벗어나 이사하던 날 서우는 가슴이 터지고 날아오르고 날아갈 것 같은 기분이었다. 이사 짐은 단촐 했다. 작은 배에 이삿짐을 싣고도 한 구석자리가 텅 비었다. 이삿짐이라야 덮고 잘 수 있는 이불 한 채와 몇가지 안되는 옷가지와 어머니가 장만한 작은 재봉틀이 전부였다. 어머니는 왜 옷을 수선할 수 있는 재봉틀을 먼저 마련했는지 한참 후에야 알았다.

아무것도 모르는 서우는 모든 것이 새롭고 기쁘기만 했다. 이작도는 그 당시 배로 6시간 정도 가야 하는 작은 섬이었다. 덕적도를 지나 이작도로 다니는 여객선이 하루에 한번 있던 시절이다. 서우는 어린 시절 인천을 떠나 가족 전체가 한데 모여 내 집을 가지고 살 수 있다는 것에 마음이 들떠 좋기만 했다. 작고 아름다운 섬이었다. 이작분교는 전교생이라야 30명 내외였고 섬사람들은 순박하였다.

서우는 이 작은 섬 이작도에서 어린 시절을 보냈다. 서우네는 방이 두 칸이나 있는 사태를 마련해 주어 거처를 정했다. 어머니는 이사 온 다음날부터 수선을 하며 생활할 수 있는 방편을 마련하였다.

지금 생각하면 어린 시절의 모든 아름다웠던 일들은 이곳에서 생겨난 추억인지도 모른다.

이 섬에서 서우는 학교에 다녔고 누나도 이곳에서 학교생활이 시작되었다. 누나는 북에서 2학년까지 다녔고 서우는 입학 나이가 지나 누나와 일 년 차이로 학년을 배당하여 누나는 2학년 서우는 1학년의 학교생활이 시작되었다. 서우 또래의 1학년은 6명이었고 전교생은 30명에 불과한 분교로 선생님은 서우 아버지 혼자였고 중학교를 나온 보조강사가 한 명 있었다. 서우는 학교에서는 아무것도 배우는 것이 없었다.

1학년 중간에 들어간 서우는 한글도 깨우치지 못해 학교에서의 생활은 지옥이나 다름없었다. 그렇다고 서우아버지는 서우에게 신경 쓸 여력도 없었다. 지루한 학교생활은 계속 되었다. 그러나 섬에서의 생활은 자유롭고 서우의 많은 어릴 적 꿈을 만들어 주었다. 서우 아버지는 이 섬에서는 절대적인 존재였다. 그 당시 배움이 부족하고 학교에 다니지 못했던 섬사람들에게는 선생님은 대단한 존재였다.

섬사람들에게는 선생님은 우상이었고 모든 문제는 선생님이 해결했다.

심지어 부부싸움이 생겨도 선생님 앞에 와서 해결을 보곤 했다. 선생님은 재판관이었고 마을의 어려운 문제는 선생님과 배를 크게 부리는 유지 한 분인 선주가 해결했다.

서우는 이곳에서 어린 시절을 거의 보내었다. 이곳에서 서우 남동생이 태어났고 근 4년을 아버지는 이 섬에서 보내셨다.

선생님이라곤 아버지 한분이었던 이 조그만 학교에서 서우는 한글도 제대로 깨우치지 못했다.

학교에 가면 아버지를 선생님하고 부를 수 있는 용기가 나지 않아 꿀 먹은 벙어리처럼 행동했다. 무슨 질문이 있어도 할 수 없었다. 학교생활은 지루하고 권태롭고 서우에게는 지옥이나 다름없었다. 혼자서 어린나이에 얼마나 울었는지 모른다. 한글도 제대로 깨우치지 못하고 2학년을 맞이했다. 한글을 깨우칠 수가 없었고 배우려 해도 배울 수가 없었다. 북에서 전쟁놀이나 하면서 지내다 1학년 2학기가 되었으니 누구에게 배울 수 있으랴, 서우는 학교생활이 너무 지루하고 가기 싫어졌다. 그래도 어쩔 수 없었다.

이것을 눈치챈 어머니는 서우가 학교에서 돌아오면 한글을 가르치기 시작했다. 어머니로부터 한글을 터득하기 시작하게 되면서 학교생활도 좀 수월해지기 시작했다. 서우네 식구는 열심히 살았다.

서우어머니는 이곳에서 조그만 중고 손재봉틀 하나를 가지고 헌옷을 고쳐주는 수선 집을 하시며 생활을 꾸려 나가셨다. 아버지의 봉급은 한 푼도 남김없이 저축 했다. 지금 생각하면 많은 돈을 저축하기도 했던 것 같다.

4년간의 아버지 봉급을 한 푼도 쓰지 않고 모은 돈은 그 당시로서는 동인천역에 작은집 2채의 집값은 되었을 거라고 생각한다.

그러나 세상살이는 그렇게 쉽지만은 않았다. 아버지는 돈을 좀 불려 볼 마음에 이모님이 소개한 어느 계주의 손으로 4년간 꼬박 모았던 목돈이 넘어갔고 계주는 서우네 돈과 모든 계원들의 돈을 가지고 어디론가 도망치고 말았다. 4년간의 어머니와 아버지의 고생은 물거품이 되고 말았다. 그 당시는 은행보다 목돈을 마련해 쓰는 데는 계가 유행하던 때다. 이율도 은행보다 높아 계가 목돈을 마련해 쓰는 데는 서민들은 안성맞춤인 듯했다. 서우 어머니는 한동안 실성한 사람처럼 지내시기도 했었다. 그렇게 고생해 모은 목돈이 하루아침에 날아가 물거품이 되어 버렸으니 그 마음이 어떠했겠는가? 그러나 살아야했다. 어머니는 다시 정신을 차리시고 아무 일도 없었던 것처럼 다시 생활을 시작했다.

서우네 생활 형편은 조금도 나아진 것이 없었고 여전히 가난했고 어려운 생활에서 벗어날 수 없었다. 그나마 섬 생활에서는 돈을 쓸 일이 그리 많지 않았기에 다행이었다.

서우의 어린 시절 아름다운 추억은 이곳에서 만들어졌다. 코앞에 펼쳐지는 바다와 집에서 몇 발자국만 옮기면 아름답고 경치 좋은 산, 그런 것들이 서우를 꿈 많은 어린 시절을 보내게 했는지 모른다. 지금 생각해도 가장 아름다운 시절이었던 것 같다.

서우가 살아가는 동안 가장 머리에 남는 곳이 바로 이 섬 생활이며 가장 아름다운 추억이 되었던 것 같다.

서우는 바다를 좋아한다. 멀리 말없이 펼쳐진 푸른 바다를 보고 있노라면 가슴이 뻥 뚫리고 머리에 온갖 잡념들이 사라지고 아름다운 생각들만 마음 전체를 점령해 버린다. 싸리문을 열고 나가면 훤하게 펼쳐진 바다가 서우를 맞이해 주었고 섬 주변 빙 둘러 쳐진 가지각색의 괴암 절벽과 넓게 펼쳐진 모래 백사장이 바위와 어울려 신선들이 놀고 가는 아름다운 경치를 마련해준다. 파도가 밀려왔다 밀려가는 바다의 모래사장 길을 걷고 있노라면 모든 생각들이 아름다워지고 마음이 한없이 넓어져 바닷가를 혼자 걷는 것을 좋아했다.

바위틈 사이로 바닷물이 나가고 들어 올적마다 지천으로 널려있는 고동과 소라를 따다 보면 하루해가 다 가버리곤 했다. 바지를 걷고 조금만 물속으로 들어가면 지천으로 널려 있는 말 풀 해초를 한 아름씩 따다 저녁이면 요리를 해 먹곤 했다. 정말 바다는 신이 준 아름다움이다. 이 같은 천국이 또 어디 있으랴!

저녁이면 대나무에다 낚싯바늘만 달면 망둥어가 쉴 사이 없이 물리곤 했다. 망둥어가 먹이를 물고 잡아당기면 이것을 힘 있게 채는 재미는 너무도 기분을 상쾌하게 했다. 망둥어를 잘라 나무에 실로 매달아 바다에 띄어 놓기만 하면 꽃게가 쉴 사이 없이 와서 물곤 했다. 서우는 물속으로 손을 넣어 꽃게를 잡는 재미는 너무도 신기하고 좋았다. 이것이 지루하면 뒷산으로 올라 가 지는 해를 보며 지천으로 널려있는 산나물을 채취했다. 몇 분도 안 되어 나물을 한 포대씩 하곤 했다. 그런 생활이 서우에게는 한없이 행복했고 좋았다.

서우는 이곳에서 나이 많은 동네 형들을 따라 다니며 수영도 배웠다. 바다에서 사는 아이들은 수영은 기본이 없이 배워졌다. 나이 많은 형들이 그냥 물속 깊은 곳으로 던지면 허우적거리며 뭍으로 나오게 되고 수영도 이렇게 쉽게 익혀지곤 했다. 바다에서 생활한 아이들치고 수영 못하는 아이들은 없었다. 누구나 자라면서 바다와 가까이 있다 보니까 수영을 누구나 하게 만들었다. 그래서 섬에서 자란 아이들치고 수영 못하는 아이들은 찾아볼 수 없었다.

그러던 어느 날 도시에 살고 있는 중학교에 다니는 한 학생이 방학을 하여 외할머니 대에 놀러 왔다. 서우는 처음으로 멋지게 차려 입은 중학생을 보게 되었다. 그 당시 서우 또래의 꼬마들의 부러움의 대상이 되었다. 그 학생은 그 당시 미군부대에서 나온 트랜지스터라디오를 어깨에 메고 멋진 중학생 교복을 입고 모표가 달린 모자를 쓰고 으스대며 다녔다. 그가 어깨에 메고 다니는 라디오가 얼마나 신기했던지 서우는 그 라디오 생각만 하면 잠을 이룰 수 없을 정도로 신기했다. 섬에서는 한 번도 본 일도 없고 무엇보다 교복을 빼어 입은 그 중학생이 얼마나 부러웠는지 모른다.

서우는 막연히 나도 도시에 나가 중학교를 다니리라 마음속에 다짐하고 다짐하였다.

섬에서의 생활은 모든 것이 추억이 되었고 가장 아름답고 행복한 시절이 아니었나 생각하곤 한다.

서우는 방학이 되면 해안가에서 떠날 줄을 몰랐다. 놀이라야 바다와 산에서의 생활이 전부였으니 자연과 친해질 수밖에 없었다. 고동도 따고 낚시질도 하고 수영도 하며 얼굴이 검둥이가 되도록 친구들과 돌아다니며 감자를 한 아름 캐다 바닷가에서 찌기도 하고 저녁이 되면 대나무가지에다 실만 매달면 작고 큰 망둥어들이 먹잇감을 물고 달아나는 것을 힘 있게 채어 낚는 맛이란 어디에다 비교할 수 없을 정도로 재미있었다. 수없이 잡히는 망둥어를 저녁에 해가 넘어갈 무렵이면 잡은 망둥어를 반 토막으로 잘라 나무에 매달기만 하면 꽃게들이 줄지어 올라오곤 했다. 친구들과 시간 가는 줄 모르게 지내곤 했다. 방학이면 온통 몸 전체가 완전 검둥이가 되어 알아볼 수 없을 정도였지만 즐겁기만 했다.

섬에서의 생활은 모두가 아름다움이었다. 해가 질 무렵이면 수평선 너머로 사라지는 석양이 너무도 아름다워 어린 서우 마음을 뛰게 했다.

　섬에 살고 있는 사람들에게는 미신이 심한 곳이다. 그도 그럴 것이 바다와 접해 있다 보니 의지할 수 있는 곳이 무당들이 하는 굿이 전부였다. 한 달이 멀다 하고 배에서 고사가 지내지고 마을 곳곳에서도 무당들이 굿을 하고 생활하는 데에서는 항상 굿과 푸닥거리가 따라다녔다. 서우는 이곳에서 처음 돼지 머리를 통째로 제사상에 올리고 여러 과일과 떡을 시루 째 놓고 무당이 울긋불긋한 채색 옷을 입고 덩실덩실 뛰면 마을 사람들이 나와 절을 하며 돼지 머리에 달린 입과 돼지 코에 돈을 꽂아 놓고 두 손이 다 닳도록 절하며 비는 모습을 처음 목격하곤 어린 마음에 돼지 눈이 싱글벙글 웃는 듯한 돼지 눈을 보며 무서움에 떨곤 했다. 한동안은 이것이 꿈에 나타나 서우의 어린 마음을 떨게 하고 이런 날이 계속되기도 했다.

　그러나 여러 번 이것을 목격하면서 점점 익숙해지기 시작했다. 섬 사람들에게는 배를 타고 멀리 나가 고기를 잡고 지내는 일이 일상생활이다 보니 그럴 수밖에 없었는지 모른다. 그리고 여자들이 많았다. 남자들이 배를 타고 멀리까지 고기를 잡기 위해 바다로 나갔다가 사고로 돌아오지 않는 사람들이 많아 과부로 사는 여인들이 많았다.

　서우가 살고 있는 동네에서 얼마 떨어지지 않은 마을 뒤편에 매년 고사를 지내는 고목나무 한 그루가 있었는데 전해오는 어른들 이야기에 의하면 이 나무 가지를 꺾으면 나무에서 피가 나온다는 전설이 내려오고 있었다. 서우는 호기심이 많던 어린 시절 봄날, 친구들과 나무를 한번 베어 보기로 모의했다. 서우는 친구들과 두근거리는 마음으로 고목나무 곁으로 갔다. 한번 가지를 쳐보자. 친구들과 합심하여 한 가지를 잡고 낫으로 나뭇가지를 내려쳤다. 정말 물이 튀면서 얼굴까지 튀어 올라 혼비백산하여 동네로 도망친 일이 있었다. 나중에 알고 보니 봄철 물기가 오르면서 가지에서 나온 물기였다. 그러나 어린 시절에는 그것이 얼마나 무서웠던지 오랜 기간을 그 나무가 있는 쪽으로 갈 일이 있을 때면 머리가 하늘로 솟아오르고 뒷목을 잡아당기는 것 같아 멀리 다른 길로 피해 다니기도 했다. 정말 그 당시는 혼비백산하여 도망했던 기억이 생생이 떠오른다.

또 이 동네에는 서낭당이 있었는데 아무도 밤이면 무서워서 얼씬도 하지 않았다. 어느 날 서우가 그곳을 지나게 되었는데 움막집 안에서 울긋불긋한 옷차림을 한 무당이 서우를 보고 웃고 있었다. 서우는 나 살려라하고 도망친 적이 있었다. 왜 그 당시에는 무당이 그렇게 무서웠던지, 정말 섬사람들에겐 미신이 전부일 정도로 누가 병이 나면 굿부터 했다. 그 섬에서 무당이 시퍼런 칼 날 위에서 작은 칼을 휘두르며 작두를 타는 것을 처음 목격하며 두려움에 몇 날을 그 기억으로 시달리기도 했다. 이 사건들이 어린 시절 추억이 되어 지금도 잊지 못하고 있는걸 보면 어린 시절 생각들은 마음에 그대로 오래도록 남아 잘 지워지지 않나 보다. 서우 아버지는 교회에 다니면서도 교회에 갈 수 없었다. 작은 교회가 하나 있긴 했지만 사람들이 오지 않다보니 비어 있었고 가는 이도 없었다.

서우가 대학 다니던 시절 서정범 교수님의 강의를 들었었다. 교수님은 대학 1학년 1학기 국어 교양 과목을 강의하셨다. 그때 샤머니즘에 대하여 강의하시면서 무당은 태어나면서부터 무당의 기운을 받고 태어나 무당이 되지 않으면 밤에 꿈속에서 큰 구렁이가 나타나 목을 감고 놓아 주지 않아 이 괴로움에 시달려 벗어나려 해도 쉽게 벗어나지 못해 무당이 될 수밖에 없다는 이야기를 들은 적이 생각났다.

서우의 어린 시절 무당의 울긋불긋한 옷차림에 움막에서 혼자 살고 있는 무당의 거처만 봐도 무서움이 앞서곤 했다. 서우는 항상 이곳을 지나칠 때마다 등골이 오싹하고 누가 끌어당길 것 같은 무서움에 먼 길을 돌아서 다니곤 했다.

서우의 어린 시절은 도시에서는 느낄 수 없는 아름다운 어린 시절이었다. 요즘 자라나는 아이들에게 이런 추억이 있는 아이들은 정말 찾아보기 힘들다. 눈만 뜨면 휴대폰이 친구가 되어 손에서 놓지 못하는 요즘아이들을 보면 정말 안쓰럽기까지 하다. 서우 같은 추억을 가진 아이가 몇이나 될까?

여러 해를 섬에서 보낸 서우 아버지는 섬 생활에서 벗어나 뭍으로 전근이 이루어졌다. 서우는 정든 이곳을 떠나며 얼마나 울었는지 모른다. 아름다운 섬 이곳, 순박한 섬사람들, 그리고 정든 친구들, 그러나 사람은 만나고 헤어지게 되어있다. 이런 날이 살아가면서 수없이 이루어질 것이다. 정든 친구들과 이별을 하고 이 섬을 떠나던 날 서우는 그가 자라온 섬 구석구석을 둘러보며 하나하나 머릿속에 담았다. 이런 아름다운 시절이 내 생애에 또 올까 생각하며 머리 한구석에 하나도 빼지 않고 입력하려 노력했다.

아버지를 따라 새로운 곳으로 이사를 했다. 이사를 한 새로운 곳은 마을이 여기 저기 한데 어울려 살고 있는 작은 시골 마을이었다. 서우 네가 정착한 마을에서 산 하나를 넘어야 학교가 있는 작은 시골학교로 아버지는 부임하시게 되었다. 자동차들이 다니는 산과 들로 넓게 펼쳐진 작은 시골 학교를 따라 시골 마을로 이사를 했다. 아버지가 전근 간 이 시골 학교는 6개 학년이 있고 선생님들도 여러분이 계신 학교였다. 서우가 처음 입학했던 학교에 비하면 큰 학교였다. 선생님들도 여러분 계셨고 학생들도 많았다. 섬과는 다른 작은 시골마을 초가집들이 옹기종기 모여 사는 씨족사회처럼 한 가지 성이 많은 그런 시골이었다. 그 마을에서 가장 잘 사는 유지 한 분의 집만 커다란 앞마당에 큰 기와집으로 되어있고 다른 집들은 고만고만하게 작은 초가집들이었다. 오 씨 성을 가진 사람들로 이루어진 이 마을은 씨족 사회나 마찬가지였다. 온 마을 전체가 대다수 친척이었다. 이곳에 서우네가 들어선 것이다. 서우네는 이곳에서 이웃과 왕래도 별로 없이 몇 년을 생활하며 서우는 이 시골 학교에서 중학교 들어가기 전까지 성장했다.

서우가 6학년이 되던 해 서우는 처음으로 교회에 나가게 되었다.

서우의 동네에서 근 십리나 떨어진 곳에 교회가 하나 있었다. 교인도 다 합쳐봐야 20명 남짓한 작은 교회였다.

서우 아버지는 어려서부터 외국선교사들로부터 기독교를 자연스럽게 접하게 되었고 서우 아버지가 태어난 곳에 처음 개신교가 들어와서 서우 아버지 마을이 빨리 서구 문화를 받아들일 수 있었다고 한다. 서우 아버지도 다른 사람들보다 먼저 일찍 기독교에 대해서 알게 되었다.

한 집안의 장손인 아버지가 유교의 전통을 버리고 기독교 신자가 된다는 것은 큰 혁명이나 마찬가지였다. 종친들로부터 내어놓은 자식이 되었고 아버지는 단호하게 제사 문화를 집어 치우고 기독교에 빠져들었다.

서우가 자라난 황해도 대구면에서 얼마 떨어지지 않은 곳에 몽근포 해수욕장이 있었고 우리나라에 미국 선교사들이 이곳에 들어와 포교활동을 하며 여름이면 해수욕장에서 비키니 차림으로 수영을 하면 이곳 사람들에게는 큰 구경거리였다고 한다. 그 당시 유교 문화에 봉건적이었던 시절에 서양여자들이 비키니를 입고 수영을 한다는 것은 아마도 큰 구경거리였을 것이다.

아버지는 이곳에서 서양 선교사들에 의해 기독교를 알게 되었고 서구 문화를 빨리 접하게 되었을 것이다. 서우도 어린 시절 교회에서 유아세례를 받았다고 한다. 여기서 서우는 부모님에 의해 모태 신앙인이 되었다. 서우가 교회가 좋아서 다닌 것도 아니었고 순전히 부모님이 교회를 접하게 되면서 서우도 교회에 나가게 되었다. 서우 아버지는 철저한 신앙인이었다. 아침에 눈을 뜨면 아버지는 습관적으로 무슨 기도인지 한동안 하셨고 꼭 성경을 한 구절 보신 후에야 하루일과를 시작하셨다. 아버지의 그런 생활은 하루도 빠지는 날 없이 하루일과나 마찬가지로 이루어졌다. 한때는 그런 것이 답답하여 짜증이 나기도 했다. 그런 행동으로 자식들에게 본을 보였는지 모른다. 아버지는 자식들에게 할아버지와 같은 모습을 보여 주기 싫었는지도 모른다고 생각하곤 했다. 몸소 실행으로 자식들에게 모범으로 보여주셨는지 모른다.

섬에서만 자란 서우는 모태 신앙인이었지만 교회라는 것을 섬 생활에서는 접할 수 없었다. 처음으로 농촌 마을로 이사 오면서 교회를 알게 되었고 십자가의 의미도 알게 되었고 처음으로 5학년이 되어서야 교회에 나가게 되었다. 믿음이란 무엇일까? 서우는 잘은 모르지만 교회에 나갈 수 있다는 것에 만족하며 막연히 일요일이면 교회로 발길을 옮겼다. 누가 시켜서도 아니고 마음이 습관적으로 그렇게 움직여 주었다.

교회는 서우가 살고 있는 마을에서 십 리나 멀리 떨어져 있었다. 멀리 떨어져 있어 작은 야산을 하나 넘어야 교회에 갈 수 있었다. 지금처럼 교회 안에 의자도 없었고 방석 몇 개가 바닥에 깔려 있었다. 아주 작은 교회로 신도라야 18명 정도 되는 작은 교회였다. 이교회에 새로 결혼한 지 얼마 안 되는 젊은 신혼부부가 전도사가 되어 이교회에 오시면서 서우가 교회에 나가게 되면 극진히 맞아주었고 예수님이 이 땅에 왜 오시게 되었는지를 자세히 설명해 주시곤 했다. 성경을 배우면서 서우는 신앙에 빠져들게 되었고 믿음이란 무엇인지를 마음속에 차지하면서 절대자에게 자신의 어려운 일도 고백하는 기도도 하게 되었다.

지금 생각하면 서우가 가장 마음속에 순수했던 신앙이 싹튼 곳이 이 시골교회가 아니었나 생각된다. 신도가 많지 않았던 이 교회에서 전도사님은 서우에게 정말 친절하게 알지 못했던 성경들을 조목조목 알기 쉽게 이야기해 주었다. 예수님이 우리 인간의 죄를 대신해서 십자가에 못 박혀 돌아가셨으며 사흘 만에 다시 살아나서 승천하셨다는 사실도 알게 되었다.

이곳 전도사님은 얼마나 재미있게 이야기를 하시는지 서우는 근일 년을 하루도 빠짐없이 늦은 어두운 길도 마다하지 않고 교회에 나가 전도사님 이야기를 듣고 울곤 했다.

그때 전도사님이 들려주던 집 없는 천사, 엄마 찾아 삼만리는 엄마 찾아 고생하며 겪는 나이 어린 소녀의 이야기는 어찌나 재미있게 눈물을 흘리면서 이야기 해주시는지 서우는 매일 교회에서 울며 마음을 아파하고 진정시키며 울면서 집으로 돌아오곤 했다.

하루는 비가 억수로 내리고 번개가 번쩍번쩍 치며 장대비가 내리던 날, 10리나 되는 밤길을 혼자 걸어온 일이 있었다. 얼마나 무서웠던지 찬송가를 목이 터져라 부르며 공동묘지가 있는 산길을 걸어 가다가 목덜미에 나뭇가지가 걸려 기절하여 혼비백산하며 엉엉 울면서 집에 온 적도 있었다. 서우의 어릴 적 신앙은 여기에서 자라나고 깊어졌는지 모른다. 서우는 가끔 나도 저 전도사님처럼 예수님을 모르는 이들에게 전도하며 살아가야지 하는 생각을 가진 적이 있다. 그 어린 시절이 가장 순수하였고 때 묻지 않은 신앙생활을 했다고 생각하곤 한다.

서우가 6학년 되고 여름방학이 시작되었다. 학생들은 모두가 신이 나고 마음들이 들떠 자유로운 생활을 할 수 있다는 생각들로 야단들이었다. 그러나 서우를 비롯한 고학년 학생들은 방학 기간이 무색하였다. 서우 담임 선생님은 정말 책임감이 강하고 열정적인 선생님이셨다. 방학 중에도 자신의 휴가기간인 방학을 반납 하시고 학교에서 별도로 고학년들을 공부를 시켰다. 책임감이 강하시고 자신이 거느리고 있는 학생 전체를 중학교에 보내고자 하는 열정으로 중학교 진학을 앞두고 있는 우리들에게 전부 학교에 나와 공부하게 하였다. 지금 생각하면 서우로서는 왜 공부를 해야 하는지 이해가 되지 않았다. 6학년 생활을 보내면서 정신없이 공부하고 있을 때였다. 이 마을 에서는 가장 잘산다는 부잣집 막내딸이 서울에서 중학교를 다니고 있었는데 방학을 하여 집에 다니러 와 있었다. 그 당시 여자아이가 서울로 학교를 간다는 것은 정말 힘든 때였다. 시골에서는 어떤 집도 상상하기 힘든 때였다.

그 시절 서울로 여자를 학교에 보내는 집은 유일하게 그 부잣집 딸한 집이었다. 그 딸아이는 서우보다 두 살이 많았고 우연히 집 앞에서 집에 내려와 있던 두 살 위의 누나를 서우가 만나면서 중학교 진학에 대한 갈망이 더 커졌다. 누나는 서울에서의 중학교 생활 이야기를 실감나게 이야기 해주었고 꼭 사람은 배워야 한다고 말하면서 필요한 참고서며 진학에 대한 길을 알려 주었다.

처음으로 참고서며 문제집을 알게 되었고 교과서만 있는 게 아니란 사실도 알게 되었다. 누나는 자신이 보았던 여러 참고가 될 만한 책들을 한 아름 서우에게 주면서 열심히 공부해서 꼭 중학교에 가라고 충고해 주곤 했다. 열심히 공부하였고 밤늦게까지 공부에만 매달렸다. 아마도 서우 일생에서 가장 열심히 공부한 시절이 아니었나 생각된다.

서우는 처음으로 어린 시절 두 살 위인 그 누나에게 빠져들었다. 그리고 꼭 중학교에 가야겠다는 학구열이 일어나게 되었다. 정말 1년간 서우는 밤낮없이 공부했다.

서우 6학년 담임 선생님도 온갖 정열을 다 받쳐 공부 시키며 적극적으로 지도하셨고 이런 선생님의 헌신적인 노력으로 한반 60명 전체가 중학교에 진학할 수 있었다. 합격자 발표가 있는 날 담임 선생님이 떨리는 목소리로 전원 중학교 합격이라는 말씀을 하셨을 때 학생들은 와 하는 함성과 함께 마음이 들떠 부둥켜안고 울기도 했다. 열심히 지도하셨고 학생들도 열심이었다. 전기가 없던 그 시절 서우네 반은 저녁이면 집에서 가져온 촛불 하나씩을 자신의 자리에 세워 불을 붙여 놓고 집에서 가져온 콩을 컴퍼스에 끼어서 콩을 구워 먹던 기억이 난다. 유일한 스트레스를 풀 수 있는 방법이 전부였던 것 같다. 그 당시는 지금처럼 책상이 없어 마루에 엎드려 공부했다. 그래도 서우네 반 아이들은 모두가 열심이었고 자신의 모든 것을 희생하신 6학년 담임 선생님이 계셨기 때문에 모두가 열심이었던 것 같다. 서우가 사는 마을은 농촌마을이지만 자식을 학교에 보내려는 교육열은 남달리 강한 마을이었고 자녀만은 만사를 제쳐놓고 학교에 보냈다.

서우도 이때 정말 열심히 공부하였다. 밤늦게 비오는 날이면 가방이 없어 보자기에 책과 필통을 둘둘 말아서 허리에 동여매고 뛰면 뒤에 책보에 싼 책들이 다 젖어서 울면서 돌아오던 때도 많았다. 가방을 가진 학생들이 별로 없던 시골 학교였다. 책을 네모난 책보에 둘둘 말아 허리에 차고 뛰면 책이 줄줄 빠져 나갔던 기억들이 추억이 되어 떠오른다. 그렇게 원하던 서우네 반은 100% 중학교에 합격하게 되었고 서우도 인천에 있는 중학교 합격 통지서를 받았다. 합격 통지서를 받아든 날 서우 아버지도 처음으로 웃으시며 서우를 안아주며 고생 많았다고 칭찬해 주셨다. 서우의 아버지가 서우를 안아준 것은 지금까지 단 두 번이었다. 월남하던 어린 시절 그리고 중학교에 합격한 날이 전부다. 서우는 너무 감격하여 남이 보지 않는 곳에서 혼자 엉엉 울던 생각이 주마등처럼 지나간다. 우리나라 아버지들은 옛날부터 권위의식에 젖어 애정 표현을 잘 하지 못했던 것 같다. 동양 문화는 정적이지 동적인 문화가 되지 못한 탓 일거라고 생각해본다. 서우는 자신이 아버지가 되면 자식들과 친구처럼 친해지리라 마음을 먹곤 했다. 그러나 성격이란 마음대로 되는 것이 아니었다. 서우는 남달리 과묵하면서도 사교적이지 못했다. 어려서부터 말이 없고 좋은 일 나쁜 일을 쉽사리 표현을 못하는 성격이라 부모님과도 살갑게 지내지 못했던 것 같다. 이런 자신의 성격이 싫었다. 그러나 성격은 쉽게 고쳐지는 것이 아니었다. 이런 서우를 부모님은 살갑게 대해주지 못했고 서우도 마음뿐 표현을 잘 못했다.

서우가 나이가 들면서 세월도 많은 사건들을 남기며 바람개비 돌아가듯 지나갔다. 서우는 중학교 어린 나이에 인천에서 부모님과 떨어져 하숙생활을 2년간 했다. 그 당시에는 중학교에 다니던 학생들 중에는 한 반에 여러 명이 자취하거나 하숙을 하는 학생들이 많았다. 그리고 부모님과 떨어져 시골에서 올라와 학교에 다니는 학생들이 많았다. 배운다는 것도 어려웠던 시절이었고 학교도 그리 많지 않았던 때다. 정말 어려웠던 시절이었다.

서우가 중학교 3학년 되던 해 4.19혁명이 일어나게 되었다.

서우가 3학년이었을 때 4교시가 끝난 후 고등학교 형들이 무조건 큰 나무 토막 한 개씩을 주면서 지나가는 차를 세우고 보이는 파출소마다 때려 부수라고 말했다. 서우 또래 친구들은 형들이 시키는 대로 신이 나서 때려 부수며 밤이 새도록 돌아다녔다. 그 어린 시절은 그것이 무엇인지도 몰랐고 그저 형들이 시키는 대로 부수고 소리 지르고 그 무섭게만 보이던 경찰들도 파출소에서 다 도망가고 부수는 것이 신나기만 했었다. 그 다음날 신문을 보면서 이것이 4.19혁명이라는 것을 처음 알게 되었다.

우리들의 대한민국 저자 이상우 씨는 4.19혁명은 6.25전쟁의 연장선상에서 일어난 반정부 투쟁이었다고 말하고 있습니다. 이승만 정부의 북한 정권과의 대결을 빙자한 인권탄압.

지배 당이었던 자유당의 부패정치 지도자들의 무능 등이 새로 교육받은 청년층의 반발을 불러 일으켜 1960년 4월 19일 학생의거를 계기로 일어난 것이 4.19혁명이며 그 결과 정권이 붕괴되는 사태에 이르게 됩니다.

그러나 제2공화국이라 부르는 민주당 정권이 탄생되고 집권한 민주당은 민주적이었으나 정치적 역량에 실패함으로써 끝없는 정치 혼란이 유발했고 정치 안정에 실패한 민주당 정부는 빈곤, 부패, 무질서의 극복을 내세운 군 혁명 세력에 의해 단행된 군사 혁명으로 이듬해인 1961년 5월 16일에 붕괴되었습니다.

5.16군사혁명으로 등장한 제3공화국은 "신 경제건설, 후 민주화", "선 한국건설, 후 통일정책 추구" 라는 목표를 세우고 강력한 전제정치를 펴나갔다.

정통성을 갖추지 못한 제5공화국 정부는 민주화를 요구하는 국민들의 강력한 반정부 투쟁에 맞서 비민주적 정치 탄압을 계속함으로서 민주주의는 실종되었다.

1987년 전두환 정부가 결국 민주화 투쟁에 굴복하여 6.29민주화 선언을 단행하고 헌법을 민주적 헌법으로 다시 개정함으로서 민주화 투쟁은 종결되었다.

1987년 12월 국민이 직접선거를 통해 1988년 초에 출범한 노태우

대통령의 제6공화국은 한국 민주주의 발전에 크게 기여한다.

"민주주의는 시민의 정치이다. 다양한 의견을 가진 사람들의 타협을 통하여 국가정책을 결정해 나가는 정치제도이다. 시민은 자기 행위에 책임질 줄 아는 성숙된 의식을 갖춘 국민을 지칭한다." (우리들의 대한민국 : 이상우 저서인용) 라고 말하고 있다.

4.19혁명이후 우리나라의 혼란은 거듭되었다. 그 당시 3.15 부정선거에 반대하던 데모는 어느 누구랄 것도 없이 데모의 대열에 나서 보지 않은 사람은 없을 정도로 혼란했다. 자유당 정권이 무너진 직접적 도화선이 된 것은 1960년 3.15부정선거 규탄 시위에 참여했다가 사망한 김주열 학생이 큰 계기가 되었다. 규탄 시위에 참가했다가 김주열이 행방불명된 후 실종 27일후에 김주열 어머니가 집으로 돌아가던 중 4월 11일 11시경 마산 중앙부두 앞바다에서 왼쪽 눈에 최루탄이 박힌 변사체로 한 낚시꾼에 의해 발견된다. 이때 그의 나이17세였다. 부산일보 허종 기자의 기사로 알려지면서 마산 시민들이 분노하고 바로 그날 4월11일 2차 의거가 시작되고 전국으로 번지면서 4월 18일 고려대 학생 시위와 4.19 혁명으로 이어지고 이승만 대통령이 하야하고 만다. 뒤를 이어 민주당 정권이 들어섰지만 데모는 끊일 날 없이 일어났고 결국은 민주당도 1년 만에 무너지고 군부가 정치를 장악하는 5.16군사 혁명이 일어난다. 서우가 살아오는 동안 정말 세상은 많이도 바뀌어 갔다.

그 당시 잘 살아보자는 구호아래 정권을 잡은 박정희 대통령은 새마을 운동을 일으켰고 자본이 없는 우리 젊은이들은 돈을 벌기위해 사우디 사막 근로 노동자로, 독일 광부 간호사로 가지 않으면 살 수 없을 정도로 가난했다. 그들을 밑천으로 차관을 제공받으며 우리나라는 먹는 문제에서 조금씩 벗어날 수 있었다. 그리고 허허 벌판에 공장들이 들어섰고 지금처럼 근로조건이나 노동시간 이런 권리는 생각지도 못하던 시절이었다. 그저 일자리가 주어져 일만 할 수 있으면 그것으로 만족했다. 그런 것이 계기가 되어 지금의 대한민국을 일으켜 놓았다.

서우가 나이 들어가는 동안 우리나라는 많은 정치적 변화의 소용돌이를 겪으며 시간은 흘러갔고, 나라도 경제적으로 많이 성장되고 주변의 많은 가정도 생활의 변화가 있었지만 서우네 집은 생각한 만큼 경제의 어려운 틀에서 벗어나기란 쉽지 않았다.

근본 바탕이 없는 가정이 윤택해진다는 것은 그리 쉬운 일이 아니었다. 자본주의 사회에서는 자본이 많은 사람들이 더 윤택해질 수 있는 확률이 높은 것은 사실이다. 자본이 많은 부자나 권력이 있는 사람들은 더 부자가 될 확률이 높고, 자본의 능력이 없는 사람들은 가난에서 탈피한다는 것은 정말 일부분에 지나지 않는다. 더 가난해지는 경우가 많은 것이 자본주의 사회다. 가난한 사람들이 빈곤에서 벗어나는 일은 그리 마음먹은 대로 쉽지 않다. 극히 일부분에 지나지 않아 개천에서 용 난다는 말이 생겨났는지도 모른다.

그런 생활 속에서 서우는 고등학교를 졸업했고 한 집안의 장남이기 때문에 너만은 대학에 진학하여야 한다는 부모님들의 지원 덕분에 대학에 갈 수 있는 특혜를 누릴 수 있었다. 당시 우리나라의 어느 가정이든 장남은 꼭 형제를 이끌어가는 집안의 장자이기에 어느 부모든 모든 것을 다 팔아서라도 대학에 보내고 싶어 했다. 서우도 부모님 덕분에 대학생활을 시작할 수 있게 되었다. 그러나 서우의 대학생활은 항상 마음에 짐을 지고 있는 느낌이었다.

서우의 누나는 학교 가기를 그렇게 꿈꾸었고 갈망했지만 동생을 위해서 희생을 강요하는 부모님의 권유로 진학을 포기했다. 그 당시 서우의 가정형편으로는 형제들을 모두 대학에 보낸다는 것은 너무나 어려웠고 쉽지 않았다.

서우 누나는 진학을 포기했고 한 집안의 장남으로 태어나 부모님의 교육열 덕분에 서우는 대학교에 갈 수 있게 되었다. 그러나 서우 마음속에는 본인만 대학교에 진학하게 되었다는 죄책감이 항상 마음을 짓누르고 있었다.

누나는 어린 나이에 서울로 직장을 구해 서울에 있는 영세업체의 공장에서 자취생활을 하며 누나 또래의 어려운 처지에 있는 나이 어린 사람들과 직장생활을 하게 되었고, 서우도 가정교사를 하며 학비를 벌어야 학교에 다닐 수 있었다. 서우 밑의 동생들 공부시키는데도 빠듯한 생활형편에 그렇게 꿈 꾸어왔던 대학생활은 공부보다 학비 벌기에 바빴고 그렇게 부러워하고 갈망했던 대학의 낭만은 어디에서도 찾기 어려웠다. 우리나라의 60년대는 정말 너무도 어둡고 암울했다. 먹고 사는 문제가 더 시급하던 시대였다.

누나만 보면 학교 진학을 포기할 수밖에 없었던 일이 항상 서우의 마음을 짓눌렀고 누나에게 죄를 짓고 있는 느낌으로 고민하곤 했다. 그러나 누나는 한 번도 서우에게 본인의 고달픈 생활에 대해 말한 적이 없다. 그냥 한 집안의 장녀로 태어난 업보로 받아들였는지 모른다. 항상 미안한 마음으로 누나와 마주치지 않으려 노력했다.

어머니도 자식들을 위해서라면 만사를 제치고 무엇인가 해야 했다. 빠듯한 생활 속에서 아끼고 아낀 알뜰하게 모은 작은 돈으로 여자들의 옷을 파는 한복 가게를 열었다. 어머니는 억척이었다. 처음 몇 년간은 여자들의 옷감을 동대문에서 싼 값에 가져다가 머리에 이고 각 가정을 돌아다니며 옷가지 장사를 하셨다. 고생이 말이 아니셨다. 그러나 자식들에게는 한 번도 내색을 하신 적이 없다. 그렇게 시작된 장사가 조금씩 단골손님과 작은 자본이 마련이 되어 여자들의 한복을 파는 가게를 마련한 것이다. 아마도 어머니로서는 세상을 다 얻은 듯한 기쁨이었을 것이다. 가게가 마련된 곳은 인천의 송림동 뒷골목이었다. 선술집이 즐비한 곳에 자리를 잡았다. 그곳은 술을 파는 여자들이 많아 한복을 찾는 여자들이 많았다.

밤이 되면 짙게 화장한 나이 어린 여자들이 치마저고리로 단장하고 짙은 화장으로 눈웃음을 치며 밤 영업을 시작했다. 젓가락 장단이 밤늦게까지 끊이지 않았고 서우는 밤이 두려웠고 이곳이 정말 싫었다. 그러나 어쩔 수 없었다. 먹고 살기 위한 투쟁이었다.

서우가 거주하는 이층은 얇은 베니어합판 하나로 칸막이가 되어 있었고 사람이 걸으면 삐거덕 거리며 금방이라도 무너질 것 같은 불안감에 서우는 이러다 무너지지나 않을까 하는 조바심에 떨곤 했다. 뒷집과 경계가 된 칸막이는 얇은 베니어합판 한 장으로 막혀 있었다. 구멍 난 베니어합판 속으로 술에 취한 여인네와 술 취한 남정네의 모든 행동을 낱낱이 볼 수 있었고 매일 계속되는 그 생활 속에서 생활

한다는 것은 정말 지옥이었다. 새벽까지 노래와 장단으로 웃고 떠드는 여인네의 웃음소리에 정신이 돌 지경이었다.

어떻게 교육자인 아버지는 자식들을 이곳에 방치시키며 살았는지 모르겠다. 그 당시 아버지로서는 어쩔 수 없는 살기 위한 방편이었을 것이다. 그러나 서우의 생각으로는 아버지가 조금만 자식을 생각하는 마음이 있었더라면 이곳에 방치하며 교육을 시키지는 않았을 거라 생각해보곤 했다. 그 당시로서는 도저히 이해할 수 없었다. 어머니도 살아가는데 급박해 자식들의 교육문제에는 신경 쓸 여지가 없었다.

집이 두렵고 염증이 났고 밤만 되면 무섭기까지 했다. 이러다 서우는 정신착란이라도 걸리지 않나 생각하곤 했다. 정말 이대로 간다면 미칠지도 모른다는 불안감이 엄습해 오기도 했다.

지금 생각하면 서우 아버지가 교육자이면서도 자식들의 마음을 조금도 헤아리지 못한 것이 안타까웠다. 그러나 아버지도 그 당시 박봉으로 오남매를 키우며 먹고 교육시킨다는 것만으로도 다행이었을 것이다. 먹고 산다는 것이 얼마나 어려웠는지 모른다. 하루 세끼의 끼니를 때운다는 것도 어려웠던 시대였으니까. 서우 집안만의 문제가 아니라 서민층의 대다수가 그랬던 시대였다.

이런 생활에 질린 서우는 어느 날 배낭 하나를 둘러메고 무작정 집을 나와 버렸다. 한 번도 집을 떠나보지 않은 서우는 두려움이 앞섰고 마음이 불안하고 가슴이 쿵당쿵당 거렸다. 송림동 거리를 벗어나 서우가 아침마다 뛰어다니던 동부 경찰서를 지나서 터덜거리며 걸었다. 매일 다니던 거리가 낯설고 어디에 버려진 사람처럼 머리가 띵하고 어지럽기까지 했다. 어느새 사람들이 타고 내리는 인천역에서 서울로 가는 기차에 올랐다. 지나가는 차창의 풍경들이 오늘따라 우울하게만 보였다.

인천을 떠나 서울 시내버스를 갈아타고 나서야 내가 집을 나온 사실을 느끼게 되었다. 무작정 목적도 없이 청량리 시외버스 정거장이 있는 곳으로 방향을 잡았다. 서울 시내버스는 한참을 달려 청량리역에 도착하였다. 오고가는 인파속에 묻혀 강원도 가는 열차표를 샀다.

기차를 타고 달리면서 모든 것을 잊고 싶었다. 속이 후련하고 마음이 진정되기 시작했다.

하늘은 금방 눈보라가 칠 듯한 날씨로 바뀌어 가고 있었다. 멀리서 하나둘 불빛이 반짝이기 시작했다.

서우는 처음으로 세상에 아무도 없이 자신이 혼자 남았다는 외로움을 느꼈다. 지나가는 풍경들이 낯설고 외로움과 고독감이 물밀듯 밀려왔다. 앞으로 난 어떻게 살아야 할 것인가? 무엇을 위해서 나는 살아가고 있는가? 많은 고민들이 머리에서 우물거리듯 스쳐 지나가고 있다.

기차는 덜커덩 거리며 달려 늦은 밤이 되어서야 강릉역에 도착하였다. 한 번도 와보지 않은 거리를 걸으며 이제야 내가 집을 벗어났음을 실감하였다

처음 와보는 이곳에서 어디로 가야 할는지 막막하기만 했다. 무작정 발길 가는대로 걸으며 방황하다 어느 허름한 여인숙에 하루를 묵기로 했다. 한 번도 들이가 보지 않은 숙박업소에 눈에 들이오는 대로 걸어 들어갔다. 주인아주머니의 안내를 받아 방 하나를 배정받고

배낭을 방 한 모퉁이에 던지며 좀 마음이 안정되는 느낌이 들기 시작했다. 여인숙은 아무 시설도 없이 모퉁이에 낡은 이불과 베개가 널려 있는 낡은 방이 서우를 맞아주었다. 왠지 모를 쾌쾌한 냄새가 서우의 콧속으로 스며들어왔다. 여러 사람들이 거쳐 가는 곳의 특유한 냄새였다.

 낮 동안 지쳐있던 긴장감이 사라지며 서우는 깊은 잠으로 빠져들었다. 이런 곳에서 쉽게 잠에 빠져들 수 있다는 것이 신기했다. 너무도 피곤하여 무엇을 생각할 여유도 없었다.

 오랜만의 깊은 잠이었다.

꿈을 꾸고 있었다.

꿈속에서도 생시와 다름없는 상황이 빠르게 지나가면서 깊은 나락으로 빠져들게 하고 있었다.

지나간 내 살아온 시간들이 영화 필름처럼 빠르게 돌아가며 서우를 어린 시절부터 현재의 모습까지 계속 반복하며 돌아가고 있었다.

짧은 내 과거지만 정말 많은 일들이 바람개비 돌아가듯 돌아가고 있었다. 바람개비가 한 방향으로만 돌아가듯 알게 모르게 많은 세월이 한 방향으로만 쉴 사이 없이 돌아가고 있었다. 한동안 멍하니 세월의 수레바퀴에 정신이 빠져 바람개비 돌아가는 방향으로만 생각이 흘러가고 있었다. 바람개비는 멈추지 않고 돌아간다. 이것이 멈출 때 서우의 인생도 끝나는 것이 아닐까? 서우는 생각해본다.

얼마나 흘렀을까?

밖은 짙은 어둠이 깔리기 시작하면서 어두운 밤을 만들고 있었다. 도시에서는 좀처럼 볼 수 없던 별들이 찬란히 반짝이며 아름다운 밤하늘의 축제를 펼치고 있었다. 큰 별 작은 별 은하수, 서우는 정말 오랜만에 어릴 적 바다가 있는 섬마을에서나 볼 수 있었던 별무리들이 지금 서우를 둘러싸고 있다.

아주 어린 시절 섬에서 볼 수 있었던 찬란한 별들이 지금 꿈속에서 큰 잔치를 벌이고 있는 것이다. 서우는 창문 틈새로 들어오는 찬 공기에 취해 잠에서 깨어났다. 창문을 열고 길디 길게 맑은 공기를 들여 마셨다. 꿈속에서 보았던 밤하늘의 찬란한 별무리들이 축제의 향연을 벌리고 있다. 찬 공기를 가르며 별똥별 하나가 긴 포물선을 그리며 하늘을 가르고 있었다.

'난 왜 이 곳에 와 방황하고 있는가?'

갑자기 알 수 없는 외로움이 나를 휘어 감고 지나가고 있다. 가슴이 답답하고 머리가 떵한 게 어지러움과 구토가 몰려왔다.

어느새 동이 터오고 새벽이 오고 있었다.

서우는 자신도 모르게 반사적으로 일어나 간단하게 세수와 양치질을 하고 입던 옷 그대로 입고 새벽길을 걸었다. 아침 공기가 싸하게 코끝을 간질거리며 지나갔다. 서울에서는 느낄 수 없는 맑은 공기가 상쾌하게 코끝을 스치며 마음에 상쾌함까지 안겨 주었다. 배낭을 둘러메고 강릉 시외버스 터미널로 향했다. 이른 아침이라 사람들의 그림자조차 찾아볼 수 없었다. 버스 터미널은 아침 일찍부터 출근하는 사람들과 이른 아침 장사하는 아낙네와 많은 사람들이 바쁜 걸음으로 오고 가고 있었다.

난 어디로 갈 것인가? 한참을 망설이며 두리번거리다 버스 앞머리에 양양이라 쓴 글씨가 눈에 들어왔다. 서우는 양양으로 가는 버스표를 사고 무작정 몸을 실었다. 연고가 있는 것도 아니었고 그냥 발길가는대로 버스에 올랐다. 이른 아침부터 일터로 향하는 시골 아낙네와 회사원들로 왁자지껄 소란스러웠다. 한참 만에 양양으로 가는 첫차가 출발하였다. 우직하게 생긴 기사 아저씨는 뒤를 한번 획 돌아보고는 버스를 몰았다.

창밖으로 펼쳐지는 강원도의 산길은 정말 아름다움 그대로였다. 옛날 과거를 보러 한양 길에 올랐던 선비들은 어떻게 이 먼 길을 걸어서 한양까지 걸어갔을까.

봇짐 하나 달랑 메고 과거 길에 오르던 선비들의 모습이 눈앞에 스쳐 지나간다.

멀리서 중대 병력쯤 되는 군인들이 가파른 길을 걸어 올라가고 있다. 아마도 밤새 야영 훈련을 마치고 부대로 복귀하는 듯하다. 야영 훈련에 참여한 군인들은 어떤 생각들을 하며 이 깊은 고개 길을 넘어가고 있을까. 어깨가 힘겨운 듯 완전 군장 한 군인들의 배낭이 너무도 무겁게 느껴왔다. 언젠가는 서우도 저 대열에 끼어 걸을 날이 올 것이고 누구나 가야하는 군에 가야만 한다.

저 젊은 병사들은 무슨 생각들을 하며 걷고 있을까. 아마도 수많은 생각들로 머리를 메우고 있을 것이다. 부모님 생각, 집에 두고 온 동생 누나 생각, 그리고 애인 생각, 얼마나 많은 생각들이 합세하여 이 가파른 언덕을 오르고 있을까?

버스는 덜꺼덩 거리며 산길을 한참 올라가더니 고개위에서 방향을 틀어 내리막길로 내려가고 있었다. 서우는 잠시 아름다운 풍경에 취하여 모든 것을 잊으려했다. 강원도의 풍경은 정말 아름답다. 많은 나무와 괴암 절벽의 바위와 모든 것이 어울려 한 폭의 그림처럼 아름다웠다. 저 멀리 바위 틈바구니에 작은 소나무 한그루가 자라나고 있다. 바위틈에서도 죽지 않고 생명을 버티어 가는 소나무처럼 사람들도 저마다 저런 생명력을 가지고 이 험한 세상을 버티어 가고 있겠지,

 버스가 얼마를 달려 내려갔을까? 얼마 후 버스는 양양시내를 지나 한참 고개를 돌아 어느 이름 모를 산 중턱으로 오르고 있었다. 서우는 버스를 세우고 급히 내렸다. 무슨 연고가 있는 것도 아니고 저 멀리 민박집 간판이 보여 무작정 산길에서 내렸다.

 멀리 산속에 지어진 작은 민박집이 한 폭의 그림처럼 서우의 눈에 잡혔다. 발길은 누가 말하지도 않았는데 자동적으로 그곳으로 향하고 있었다. 흙길이었다. 군인들이 작전을 위해 잘 다듬어 놓은 군인도로를 민간인들이 이용하고 있었다. 서우는 민박집 간판이 보이는 곳으로 발길을 옮기고 있었다. 버스에서 내려서도 한참을 걸어 올라갔다. 눈앞에 얼마 떨어지지 않은 곳에 작은 민박집이 버티고 서 있었다. 서우가 지금까지 보지 못했던 지붕이 너와로 되어있는 아담한 집이 한 폭의 그림처럼 서우 앞으로 다가 오고 있었다. 중학교시절 지리 시간에 선생님이 설명해 주시던 나무로 지붕을 이어놓은 너와집을 처음 보면서 정말 아름답다 생각해본다.

하얀 솜뭉치 같은 함박눈이 초저녁 어둠이 서서히 밀려오는 이 산 속에 조용히 소복소복 내리고 있었다.

이런 함박눈을 이 깊은 산속에서 보기란 정말 오랜만에 보는 일이다. 대개는 산 속에서의 눈은 차갑게 몰아치는 모래알 같은 눈발이 예사인데 오늘 내리고 있는 첫눈은 포근하고 부드럽게 내 온 몸을 감싸주는 그런 함박눈이었다.

첫눈을 맞으며 걸어 내려와 민박집 앞에서 걸음을 멈추었다. 이 산속에서 사람을 만나기란 쉽지 않은 법이다.

내가 불빛이 따스하게 움직이는 민박집 창가로 다가갔을 때 어깨까지 내려오는 긴 머리를 한 젊은 서우 또래의 여자가 베레모 모자에 긴 외투를 걸친 채 나를 응시하고 있었다. 한 눈에 봐도 이곳에서 사는 사람은 아닌 듯했다. 아주 세련되고 언뜻 보아도 도시의 여자였.

하늘에서 금방이라도 내려온 천사 같은 여인, 서우는 첫 눈에 반해 버리고 말았다. 어떻게 저렇게 아름다운 여자가 있을까? 지금까지 한 번도 보지 못한 아름다운 여인을 이 깊은 산속에서 만날 수 있다는 것이 아무리 생각해도 현실 같지 않고 꿈을 꾸고 있는 것 같았다.

내성적이고 남 앞에 잘 나서지 못하는 서우는 말 한마디 못한 채 가슴은 두 방망이질 치고 얼굴이 붉게 달아올랐다. 가슴을 진정시키는데 한참이나 걸렸다.

서우는 마음을 진정시킨 후 그녀 앞으로 걸어갔다.

"여기서 하루 숙박할 수 있나요?" 작고 떨리는 목소리로 물었다.

그 여인은 서우를 빤히 쳐다보며 말했다.

"제가 주인이 아닌데요?" 그리고는 방을 향해 소리쳤다.

"주인아주머니 손님이 오셨어요?"

그녀가 큰 소리로 말하자 방 안에서 후덕한 아주머니가 나오셨다.

"민박하시려고요?"

"이리로 들어오세요."

"산 속의 민박집은 좀 누추하답니다."

묻지도 않은 말을 하며 서우에게 구석에 방 하나를 안내했다. 서우는 두말없이 숙박하기로 마음먹고 주인아주머니에게 자고 가겠노라고 말했다.

운명적인 만남이었다.

그녀의 어깨위로 흰 눈송이는 두께를 거듭하며 소복이 쌓여가고 있었다.

젊은이들이기 때문에 쉽게 대화가 오고 가는 걸까. 서우는 용기를 내서 그녀가 있는 곳으로 걸어갔다. 그녀의 강렬한 눈과 마주쳤다. 서우는 떨리는 목소리로 물었다.

"이 곳 분은 아니신가 보네요?"

"어디서 오셨나요?"

이 소리를 꺼내는데 서우는 얼마나 망설였던가? 이런 용기가 어디서 나온 걸까? 가슴은 기차가 요란한 철길을 소리 내며 달리듯 쉴 사이 없이 뛰고 있었다.

"서울에서 왔습니다."

그녀가 밝은 미소를 띠며 말했다.

서우는 더 이상 말문이 막혀 어떤 이야기를 해야 할는지 머릿속에 떠오르지 않았다.

이럴 때 언어란 얼마나 무익한 것인가, 도무지 합당한 말이 떠오르지 않았다. 아무리 현재에 맞는 말을 하려 해도 머릿속은 텅 비어 아무 말도 찾아낼 수 없었다.

서우와 그녀는 눈빛으로 인사를 주고받았다.

방으로 들어와서도 가슴이 쿵당거려 진정시킬 수가 없었다. 서우는 온통 그녀의 생각으로 아무것도 할 수 없었다. 지금까지 살아오면서 이런 일은 처음 겪어 보는 것 같다. 내가 이러다 미치는 것이 아닐까? 꿈은 아니겠지, 서우는 자신의 허벅지를 살짝 꼬집어 봤다. 현실이었다. 허벅지의 아픔이 머리로 전달이 되었다.

서우가 이런 감정을 느낀 적이 초등학교 6학년 때 한 번 더 있었다. 그 당시는 어릴 적 아무것도 모르던 순박한 어린 시절 감정이었다. 그 당시 한 반뿐인 시골 초등학교 6학년 때 경숙이라는 여자 아이가 있었다. 그는 아버지가 계시지 않는 홀어머니 밑에서 자란 예쁜 여학생이었다. 시골 아이답지 않게 세련된 여학생이었다. 그 당시 여학생으로는 유일하게 인천으로 중학교를 간 여학생이었다. 인천으로 간 이후 우린 한 번도 만난 일이 없었다. 그 어린 나이에 서우가 가슴 아린 감정을 느꼈다는 것은 그 당시로서는 조숙한 것이었을까. 서우가 대학 1학년 때 첫 기차를 놓치지 않기 위해 동인천역으로 뛰어 가던 중 그녀를 잠시 스쳐 지나갔고 짤막한 지나간 안부를 주고받으며 헤어졌고, 한번 그녀로부터 어릴 적 이야기들이 예쁘게 나열된 동심이 담긴 분홍편지가 날아왔지만 어릴 적 마음에 애달프게 감정이 담긴 그런 감정은 느껴지지 않았다. 아마도 너무 바쁜 나날이 쉽사리 편지에 답장을 하지도 못하고 차일피일 그렇게 잊어져 버렸다. 서우는 문득 그때 생각이 머리를 스치고 지나간다. 지금쯤 경숙이도 지금 내가 만난 이 여인과 비슷한 또래의 처녀가 되어 있을 것이다.

언젠가 초등학교 동창회 소식을 받았다. 서우는 행여나 경숙이를 볼 수 있을까 하여 친구에게 이끌려 동창회에 간 일이 있었다. 그러나 경숙이의 소식은 들을 수 없었다. 성장하여 만난 초등학교 동창들은 너 나 없이 허물없었지만 오고가는 이야기는 동창들의 최근생활, 그리고 어떻게 살아야 잘 된 삶일까? 더 나은 삶의 방법은 무엇일까? 현실적인 이야기에 집착되어 있었고, 그리고 농촌에서 일찍 장가간 동창들의 자식자랑, 자신들의 생활이 나아져 살만한 친구들이 현재의 위치를 자랑하며 웃고 떠들었다. 그리고 자신들이 도시로 나가지 못하고 학업을 계속 못한 친구들은 공부 잘해 봐야 별거 아니네, 조롱조로 도시로 나가 대학을 다닌 동창들을 헐뜯었다. 서우에게는 동창회라는 것이 아무런 감흥도 주지 못했다. 그 이후로 동창회에 참석해 본 일이 없다. 그 참석이 마지막이었고 경숙이도 머리에서 서서히 지워져갔다.

서우는 멀리 눈 내리는 풍경을 어둠 속에서 바라보고 있었다.

어둠 속에서 소복이 내리는 눈은 정말 말로 표현할 수 없는 아름다움이었다. 짙은 고독감과 외로움이 서우를 감싸고 지나갔다. 혼자 남았다는 짙은 고독감이 그를 휘어 감고 있었다.

서우는 생각해 본다. 내가 가는 이 길은 올바른 선택의 길일까? 사람들은 누구나 태어나서 자신의 길을 가고 있다. 그러나 그 길을 어떤 생각을 가지고 가느냐에 따라 가기 달라질 것이다.

서우는 대학생이 되면서 철학적인 책을 많이 보았다. 어쩌면 염세적인 면이 나열된 책 속에서 서우를 더 우울하게 지배하는 적이 많았다. 그렇지 않아도 남들처럼 활발한 성격이 되지 못한 서우는 자신의 이 성격이 너무 싫었다.

때론 극단적인 생각을 여러 번 한 일도 있다. 너무 생활에 쫓기고 힘들어서일까? 서우는 생각한다. 그래도 포기하지 말고 살아야 한다. 언젠가는 좋은 날이 있겠지, 힘차게 살아보자. 오늘 내가 있는 곳에서 최선을 다해 모든 것을 사랑하며 살아가는 법을 배워보자, 서우는 이불을 펴고 큰대자로 누웠다. 행복감이 몰려온다. 아마도 이런 것, 남에게 구속받지 않고 내 마음먹은 대로 살아가는 것, 이것이 행복이고 자유일 것이다. 자유란 느껴본 사람만이 알 수 있다.

깜박 잠이 들었던 걸까?

누가 부르는 소리가 들렸다. 꿈인지 생시인지 모를 지경으로 헤매고 있었다.

그 꿈속에서 그녀를 보고 있었다. 미소를 지으며 서우에게로 다가오고 있었다. 서우는 누군가가 부르는 소리에 깜짝 놀라 일어났다.

서우는 문을 열고 밖으로 나왔다. 주인 아주머니였다. 저녁 식사를 어떻게 할 것인지를 묻고 있었다.

그리고 보니 하루 종일 서우는 아무것도 먹은 게 없었다. 주인집 아주머니에게 간단한 식사를 주문하였다. 정갈하게 차려주는 시골밥상 앞에서 서우는 마음속으로 다짐하고 있었다. 그녀와의 인연을 꼭 맺어야지. 그리고 하나님이 나에게 주신 이 인연의 끈을 반드시 이어가야지.

마음속에서는 이렇게 속삭이고 있었다.

'그녀를 꼭 잡아야지. 이대로 놓아주면 넌 바보야. 무슨 일이 있더라도 꼭 붙잡아야 돼.'

서우의 마음속에서는 그렇게 속삭이고 있었다.

그녀가 찬바람이 불어오는 민박집 긴 일자형 마루에 걸터앉아 있었다.

"날씨가 찬데 나와 계시네요?"

그녀가 나를 빤히 응시하고 있었다.

"그러고 보니 우린 통성명도 못 나누었네요?"

"그러게요?"

"전 인천에서 온 이서우 라고 합니다."

서우의 이런 용기는 어디서 온 것일까? 지금까지 살아오면서 여학생과는 말 한마디 해본 일이 없는 서우다.

"아, 네."

"전 서울에 사는 김마리아입니다."

우린 누구랄 것도 없이 자연스럽게 대화가 오고 가고 금방 친숙해졌다. 젊은이들은 쉽게 대화가 오고가고 쉽게 친해질 수 있다는 게 얼마나 큰 행복인가?

"그런데 이곳은 쉬러 오셨나요?"

"아, 네."

그녀는 짧게 대답하며 멀리 밖의 눈 내리는 풍경을 바라보고 있었다. 핏기 없는 하얀 그의 얼굴이 흰 눈에 반사되어 더욱 창백해 보였다.

"금년 들어 첫 눈이네요?"

"이렇게 함박눈이 내리는 것도 오랜만에 보는 것 같아요?"

그녀는 엷은 미소로 서우의 물음에 답했다.

우리는 오래전에 만난 친구처럼 스스럼없이 많은 이야기를 주고받았다. 밤이 깊어가고 있었다.

"언제까지 이곳에 머무를 계획이십니까?"

"저도 수 일내 서울로 올라가야지요."

"서우 씨는 언제 가실 예정이세요?"

서우 씨라는 말에 잠시 마음이 진정되지 않았다. 여자로부터는 처음 들어보는 호칭이었다.

"저는 내일 떠나려 합니다."

사실 마음으로는 가고 싶지 않았지만 살아가는 현실이 서우를 얽어매고 있었다. 아이들 과외도 해야 하고 학교도 가야 한다. 이게 서우에게 주어진 현실이다. 살아가려면 어쩔 수 없다.

날씨는 점점 온도를 낮추고 있었다. 산속의 추위는 더욱 빨리 온몸으로 느끼게 하는 것 같다.

"감기 걸리겠어요?"

"이제 그만 들어가시죠!"

"서울에 올라가시면 우리 또 만날 수 있을까요?"

서우는 그녀의 눈을 응시하며 물었다.

"좋은 인연이라면 또 만날 수 있겠죠."

"제 전화번호를 적어 드릴게 연락주세요?"

그녀는 주저 없이 연락처를 적어주며 내 연락처도 물었다. 서우는 그녀가 적어주는 연락처를 확인했다. 예쁜 글씨체가 서우 마음을 더 떨리게 했다. 서우도 연락처를 작은 메모지에 정성껏 적었다. 손이 떨리고 있었다.

우리는 연락처를 서로 주고받았다.

"추운 데 방으로 들어가시죠. 감기 걸리겠어요?"

서우의 재촉에 그녀는 자신의 방으로 들어가며 눈인사를 했다. 서우도 자신의 방으로 들어왔다. 떨리는 마음은 쉽사리 진정되지 않았다. 두근거림은 계속 멈추어지지 않았다. 살며시 그녀의 연락처 종이를 조심스레 펴 보았다. 서울 흑석동이 그녀의 집이었다. 오만가지 생각을 하다 서우도 아침을 맞이했다. 서우는 아침 일찍 서둘러 돌아갈 차비를 했다. 주섬주섬 올 때 입었던 옷 그대로 배낭하나 덜렁 메고 먼저 가겠노라 마리아에게 작별인사를 나누었다. 떨어지지 않는 아쉬운 발길을 뒤로 한 채 그녀와 헤어져야만 했다.

"꼭 서울에 올라오시면 만날 수 있길 바랍니다." 서우의 인사에 그녀는 엷은 미소를 지으며 화답했다.

"꼭 다시 뵙기를 바랍니다."

서우는 빠른 걸음으로 버스가 오는 큰길가로 걸어 내려갔다. 서우가 뒤돌아보았을 때 큰 눈을 가진 그녀가 서우에게 가볍게 손을 흔들며 서우를 바라보고 있었다.

멀리서 버스가 안개 같은 흙먼지를 일으키며 다가와 정차하였다. 서우는 급히 버스에 올라탔다. 정작 버스에 오르고 나니 그녀에게 하지 못한 이야기가 너무도 많음을 느꼈다.

지금 생각하니 정작 못 다한 이야기가 너무 많았다. 그녀는 왜 혼자 이 산속에 와 있는 걸까?

서우는 차창가로 스쳐 지나가는 풍경 속에 그녀의 얼굴을 겹쳐 그려 보았다.

'아마도 이건 내 인생에 운명인거야!'

서우의 첫 사랑은 그렇게 시작되었다.

서우는 집에 돌아와 현실로 되돌아왔다. 눈코 뜰 새 없는 바쁜 생활이 시작되었다. 학교생활도 바삐 돌아갔고 학교가 끝나면 아이들 과외로 바쁘게 시간에 쫓겨야 했고 아무 일도 없었던 것처럼 바쁜 생활이 다람쥐 쳇바퀴 돌 듯 지나갔다. 다른 일은 생각조차 할 수 없는 바쁜 나날이었다.

서우의 학교생활은 매일 반복되듯이 다람쥐 쳇바퀴 돌 듯 하는 생활이 계속되었다. 학교 수업이 끝나면 조금도 쉴 사이 없이 학생들을 가르치는 과외에 매달려야했다. 대학에 공부를 하러 왔는지 학생들을 가르치러 왔는지 모를 지경이었다.

학교에 가면 강의보다 휴강을 밥 먹듯 했고 교수들의 열의도 없었다. 언제 작성한 교안인지 모를 다 낡은 교안을 들고 학생들에게 강의하는 무성의하고 누가 보아도 불성실하고 염치없는 교수들도 있었다. 어떤 교수들은 학생들의 질문에 쩔쩔 매면서 시간을 낭비하기도 했다. 매일 계속되는 데모로 학교 안은 어수선하고 말이 아니었다. 서우는 생활에 변화가 있어야 된다고 생각했다.

그 당시 "월남 파병 반대"로 캠퍼스 안은 시끄럽고 소란스러웠다. 그러나 월남파병은 이루어졌고 우리 젊은이들은 월남, 남의 나라에서 헤매며 베트콩들과 싸우며 목숨을 잃었다. 젊은이들은 먼 타국에서 본인의 모든 것을 희생하면서 남의 나라에서 싸웠다. 그러나 미국이 월남전에 손을 놓으면서 월남은 공산화로 통일되고 우리 젊은이들은 수많은 희생자를 낳았다. 그런 희생의 대가가 발판이 되어 우리 경제는 다시 일어서는데 도움이 되었고 가난에서 벗어나는 계기가 되기도 했다. 그 당시 우리 국민들에게는 꿈이 있었다. 이 못 사는 것을 대물림해서는 안 된다. 우리도 잘 살아보자는 꿈이 있으므로 가난을 버티게 해 주었는지 모른다.

서우 친구도 백마부대에 파병 되었다. 그 당시 그 친구는 서우와는 다른 환경에서 자랐다. 아버지가 그 당시로서는 꽤나 큰 회사의 사장이었고 그가 월남으로 갈 줄은 몰랐다. 그의 아버지는 단호하였다. 아들을 끔찍이 사랑하면서도 남자는 나라를 지키는 군 복무를 하고 돌아와야 남자가 되는 것이다 하며 군에 입대하게 했다. 아들을 누구보다 사랑하면서도 군 문제에는 단호했다. 지금의 일부 잘 살고 권력 있는 사람들의 부모와는 남달랐다.

그의 말을 들어보면 정말 이것이 전쟁이구나 하고 실감으로 느낄 수 있었고, 처음에는 전쟁을 한다는 것에 동료 의식도 없었지만 작전 중 밤사이 베트콩들에게 죽어가는 동료를 보며 그 때부터 눈에 보이는 것이 없고 자신도 모르게 싸우게 되었단다. 나중에는 악만 남아서 민간인이라도 월남인들만 보면 모두가 베트콩으로 보이고 인정도 없어지더란다.

포사에 배정받아 포탄이 쉴 사이 없이 날아가고 터지던 어느 날 월남어 통역사가 부족해 통역사를 모집했는데 다행히 통역사로 지원되어 월남어 교육대에서 교육을 받고 월남어에 능통하게 두각을 나타내면서 주월사사령관의 통역을 맡게 되면서 살았을 거라고 말하곤 했다. 베트콩들과 마주보며 싸우는 포사에 있었으면 죽었을지도 모른다고 말하곤 하였다. 그는 외국어에는 남다르게 재질이 있었다. 서우는 그의 능통한 외국어 재질이 남다르게 뛰어남에 얼마나 부러워 했는지 모른다. 그것이 한없이 부러워 어떻게 해야 외국어를 잘 배울 수 있는지 그 친구에게 묻곤 했었다. 서우는 왜 자신에게는 외국어 능력이 그 친구처럼 태어나지 못했을까, 한탄하고 뒤늦게 배우려 해도 영어 기초가 제대로 다져지지 않아서인지 실력이 늘어나지 않았다. 애만 쓰고 늦게 시작된 회화능력은 생각만큼 늘지 않고 배워 지지 않았다.

그 친구가 제대하고 돌아오는 날 비행기 속에서 그 당시 완공된 경부 고속도로를 보며 어느 군종 참모 장교가 한 말이 생각난다며 말한 적이 있다.

이 경부 고속도로는 여러분의 피와 땀, 그리고 산화한 동료들이 완성한 동맥이라고. 이 도로를 이용할 때마다 먼저 간 동료들을 생각해 야한다고 말하던 말이 잊혀 지질 않았다.

그 당시 우리나라는 모두가 앞날을 어떻게 먹고 사느냐가 더 중요했다. 지하자원이 풍부하지 못하고 공장하나 제대로 된 시설이 없던 그 시절, 박정희 대통령이 만들어낸 새마을 운동이 각 처에서 물밀 듯이 일어났고 모든 국민들이 하나가 되어 노력했다.

서우는 학비를 벌기위해 저녁이면 학생들을 가르치는 일이 대학생활 전부처럼 되었다. 대학생활이 이런 것일까? 회의가 찾아오는 날이 한 두 번이 아니었다.

오늘도 학교에 갔지만 학생들의 데모로 강의는 이루어지지 않았다. 학생들은 삼삼오오 짝지어 앞날을 걱정하고 있었다. 서우는 양양을 다녀온 후 눈코 뜰 새 없이 바쁜 생활로 그때 기억들을 생각할 시간조차 없었다.

이렇게 바쁘게 돌아가는 날 그녀가 학교로 서우를 찾아온 것이다. 서우는 정말 시간을 낼 수 없을 정도로 바쁘게 지나갔다. 대학생활의 낭만이란 꿈도 꾸지 못했다. 그를 마음 한 구석에 담고 있기만 했지 틈을 내어 마음 놓고 전화조차 할 수 없는 시간들 속에 묻혀 살았다.

그녀는 하얀 원피스 차림에 곱게 눌러 쓴 베레모 모자가 너무도 잘 어울렸다. 환한 미소를 지으며 서우에게로 걸어오고 있었다. 정말 하늘에서 방금 내려온 천사 같았다.

서우는 자신의 옷차림을 보았다.

검정 물로 물 들여 입은 군용 잠바 차림의 자신의 몰골, 허름한 공사장에서 일을 막 마치고 나온 탄부 같았다. 그가 신고 있는 신은 군인용 워커 한 켤레, 4년을 춘하추동 없이 신고 지냈다.

우리 시절 대학생들은 나처럼 그런 복장이 많았다. 꼭 탄광촌의 탄부나 다름없던 시절이었다.

그렇게 못 살던 시절이었다. 대학의 낭만이라곤 일부 학생들에게만 주어진 특권이었다.

난 기뻐해야 할 순간에 부끄러움이 먼저 앞섰다. 불현듯 왜 부끄러움이 머리를 스쳐 지나갔는지 알 수 없다. 정말 그녀에게 이 몰골을 보이기 싫었다.

"오랜만이네요?"

난 그에게 미소 띤 얼굴로 인사를 했다.

"정말 오랜만이네요, 그동안 잘 지내셨죠?"

어색한 대화가 오고 갔다.

"어떻게 저희 학교를 다 오시고?"

이 상황에서 무슨 말이 맞는 말인지 서우의 머리에는 떠오르지 않았다. 머릿속은 텅 비어 있었다.

"서우 씨가 전화라도 해 주실 줄 알았는데 기다려도 소식이 없기에 한번 용기를 내 봤습니다."

"제가 틈을 먼저 내는 것이 낫겠다 생각했죠."

"죄송합니다. 제가 먼저 연락드리겠다는 마음만 가지고 있었지 드리지 못했네요."

핑계였다. 정말 틈을 내려면 아무리 바빠도 틈을 낼 수 있었을 것이다. 그러나 마음이 움직여 주지 않았다. 왜 그랬을까? 지금 생각해 보면 특별하게 여자에 신경을 쓸 마음의 여유가 있지 않은 탓이었을 것이다.

서우는 오랜만에 마리아와 어깨를 맞대고 걸었다. 소극적인 내 성격에 비하여 그녀는 활달하고 명랑한 성격이었다. 누구나 쉽게 잘 어울릴 수 있는 그런 타입이었다.

마리아와 나는 대학 중앙도로를 벗어나 정문으로 걸어 나왔다. 속히 소란스런 곳을 벗어나 조용한 곳으로 가고 싶었다. 우리는 누구랄 것도 없이 버스 정거장으로 향했다. 오고가는 학생들이 자신의 갈 길을 가고 있지만 서우의 눈에는 서우만 쳐다보는 것 같아 얼굴이 화끈거리고 붉게 달아올랐다. 버스 정거장은 강의를 끝내고 가는 학생들로 만원이었다.

서우도 복잡한 버스 속으로 마리아와 같이 막 도착한 버스에 올랐다. 정말 생각지도 않은 만남이었다. 그녀가 서우의 학교를 찾아와 줄줄은 꿈에도 생각 못 했었다.

버스는 소란스런 지역을 벗어나 서울 시청을 지나고 있었다.

"우리 여기서 내릴까요?"

서우는 그녀를 보며 말했다.

"그러죠."

그녀와 서우는 버스에서 내렸다. 덕수궁이 앞에 보였다. 둘이는 누구랄 것도 없이 덕수궁 쪽으로 향했다.

덕수궁 돌담길을 걸었다. 이 길을 서우는 무척 좋아했다. 옛날 이광수의 소설에 등장하는 오래된 고풍의 건물들이 많았다. 꼭 일제 강점기의 역사를 돌려놓은 듯한 고풍스런 건물들이 줄지어 있는 곳이다. 그리고 오래된 아픔의 역사를 간직하고 있는 건물들이 많고 소설 속에 자주 등장하는 역사가 살아 숨 쉬는 곳이기도 했다. 일제 강점기 우리 젊은이들은 어떤 생각들을 하며 이 길을 걸었을까? 나라가 없다는 것은 너무도 마음 아픈 일이었을 것이다. 다른 나라에 백기를 든다는 것은 마음이 갈기갈기 찢어지는 아픈 일이고 처절한 고통이다. 그들은 백기에 무엇이라 써야 했을까? 두 글자 자유가 아닐까? 서우는 데모로 얼룩져 있는 광장의 외침을 들으며 왜 문득 이런 생각이 떠오른 것일까?

이 길을 걸으면 사랑하는 연인들이 헤어지는 경우가 많다는 속설이 문득 떠오른다. 왜 갑자기 그런 생각이 머리를 스치고 지나 간지 모르겠다. 마리아에게는 이 말을 하지 않았다.

"그동안 무엇을 하시며 보내셨나요?"

"저도 매일 학교에 나가고 오늘에야 시간이 생겼어요."

"저희 학교에서도 데모로 수업이 잘 이루어지지 않아요."

"지금의 우리 현실은 암담하죠. 대학생들에게 졸업 후에 갈 수 있는 일자리가 있어야지요. 희망이 보이지 않으니까요?"

갑자기 알 수 없는 불안이 서우의 머리를 스쳐 지나갔다. 왜 이런 생각이 스쳐 지나가는지 알 수 없었다. 왜 서우의 머리를 스치고 지나가는 생각들은 암담한 현실적인 문제들만 들추어내어 지나가는지 알 수 없다. 공연히 우울해진다.

그녀의 얼굴을 옆모습으로 보았다. 백지장처럼 차갑고 창백했다.

핏기 하나 없는 그녀의 얼굴을 보며 불길한 마음을 감출 수 없었다.

"어디 아프신 데는 없나요? 안색이 좋지 않은 것 같아서요."

"네, 그냥 그래요."

"우리 어디 좀 들어가서 차라도 마실까요?"

서우가 그녀를 배려해 한 말이었다. 우린 눈에 보이는 근처 찻집에 들어가서 마주 앉았다.

"제가 늘 건강이 이러네요."

나는 그의 얼굴에서 무엇인가 그늘진 어두운 빛이 드리워져 있는 모습을 보았다.

찻집 안은 젊은 남녀들로 붐볐다. 웃고 떠들고 전혀 딴 세상 같은 느낌을 주었다.

"서우 씨는 대학생활이 고등학교 때 생각했던 대로 낭만적이고 지식의 요람이라고 생각하시나요? 어떻게 대학생활을 보내는 것이 참다운 생활이라고 생각하나요?"

난데없는 그의 질문에 합당한 대답할 말이 떠오르지 않았다. 낭만이니 지식의 요람이니 그런 생각을 할 여유가 없었다.

"글쎄요?"

난 허우적거리며 살아가는 가난한 내 가정 형편과 밑으로 줄줄이 있는 동생들, 그 꿈꾸어 오던 대학 생활은 벗어던진 지 오래다. 난 학비를 마련하기 위해 동분서주 뛰어야만 했다. 지금 내 처한 형편을 말해버리기에는 자존심이 허락지 않았다.

"그냥 남들처럼 보내죠?"

서우가 다니는 이 학교에는 유독 부자들의 자녀들이 다른 대학에 비해 많았다. 지방에서 올라와 간신히 등록금을 마련하며 다니기에는 너무 벅차고 힘들어 마음이 아픈 날들이 많은 학생들도 더러 있었다. 그러나 대부분은 중소기업을 운영하는 사장의 자녀라든지 큰 상점을 운영하는 사람, 시골에서 올라온 학생들은 대부분이 큰 농장을 운영하는 자제들이었다.

"전 부모님을 잘 타고 태어나 제가 하고픈 미술 분야의 디자인 전공을 하고 있답니다."

그러고 보니 난 그녀가 무엇을 전공하고 있는지도 모르고 있었다.

"부모님은 작은 사업을 하시죠."

"전 하나밖에 없는 집안의 외동딸이랍니다."

그녀는 내가 묻지도 않은 자신의 신상을 히니히니 거침없이 이야기해 나가고 있었다.

"아, 네."

"그렇군요."

서우는 5형제의 장남으로 태어나 동생들을 보살피며 무거운 삶의 짐을 져야만 했다. 어서 빨리 졸업해 가정을 돌봐야했다. 아버지의 초등학교 교사 봉급으로는 우리 식구가 살아가기에는 너무도 어렵고 벅차고 힘들었다. 어머니의 옷감 장사로 생활에 보탬이 되었으면 좋으련만 생각대로 되지 않았다. 착하기만 한 어머니의 성품은 다른 사람들에게 도움을 준 지는 모르지만 장사 밑천이 어느 정도 모이면 물건을 잃어버리거나 꼭 누군가에게 사기를 당해 없어지곤 했다. 생활하는데 어머니의 장사는 별 도움이 되지 못했다. 아버지 박봉으로 생활하는 서우네 식구는 먹고 사는 일에도 급급했다.

"서우 씨는 항상 어두운 얼굴이세요?"

그녀는 서우의 얼굴을 천천히 살펴보며 말했다.

"그렇게 보이나요?"

난 그녀에게 이렇게 현실적으로 벌어지고 있는 문제가 아닌 아름다운 이야기만을 생각하고 싶었다. 그러나 그런 생각보다는 현실적인 생각들이 서우의 머리를 온통 점령하고 있었다.

언어란 묘하다. 그 많은 언어에서 젊은 남녀가 나눌 아름다운 말은 도무지 머리에 떠오르지 않았다. 이럴 때 시인이라도 되었으면 아름다운 언어라도 생각나련만 도무지 아름다운 말은 떠오르지 않았다. 서우 자신이 어려운 환경에서 힘들게만 살아온 과정 때문이었는지 모른다. 마리아는 그 동안 학교에서의 생활, 가정 이야기, 친구들 이야기, 그리고 대학생활에서 벌어지고 있는 많은 이야기들을 쉬지 않고 이야기하고 있다. 서우는 주로 듣기만 하였다. 특별히 좋은 이야기가 없었고 구차한 현실뿐이었다. 그녀에게서 그동안 몰랐던 많은 것들을 알 수 있었다.

그녀의 이야기는 끝없이 이어져갔다. 사랑하는 사람이 둘이 마주 앉아 있는 시간이란 언제까지 있어도 지루할 수 없다. 시간은 너무도 빨리 지나가고 있었다. 얼마 만에 이런 시간이 주어진 것인가? 서우가 대학 생활하면서 좋아하는 사람과 마주 앉아 이야기를 나눌 수 있는 시간은 허락되지 못했었다. 사랑하는 사람과 마주 앉아 이야기하는 시간은 너무도 빠르게 지나가기 마련이다. 언제까지 있어도 지루하지 않으리라.

"그만 일어날까요?"

왜 이런 말을 끄집어냈는지 모르겠다.

서우는 마음에서는 더 있고 싶다, 가지 말아야 한다고 생각하면서도 현실적인 문제들이 그의 생각을 앞서가고 있었다. 오후 저녁시간에 과외로 가르쳐야 할 아이들이 기다리고 있다. 그들을 가르쳐야 할 시간이 다가오고 있다. 왜 이렇게 조급하게 가자고 먼저 말을 꺼냈는지 마음속으로 후회하고 있었다. 오늘 하루쯤은 핑계를 대고 가르치는 일을 뒤로 미룰 수도 있다.

밖은 어둠이 몰려오고 있었다. 둘은 이화여고 뒤쪽을 지나 경동회관이 있는 길로 걸어내려 갔다.

서우는 마리아의 닿을 듯 말 듯 한 몸이 밀착되어 오는 속에서 그녀의 긴 머릿결이 서우의 얼굴을 간지럽히며 지나갔고 그의 손이 서우의 손을 스치고 지나갔지만 그의 손을 잡지 못했다. '바보... 천치…' 마음속에서는 그렇게 울림이 오고 있었다. 마리아도 그의 손을 잡아주길 원했는지 모른다.

마리아는 흑석동에 살고 있었다. 난 그의 집이 있는 길모퉁이에서 걸음을 멈추었다. 오고 가는 사람은 거의 찾아볼 수 없었다.

높다란 담장 위로 창가마다 불빛이 반짝이고 있었다. 여기서 우리는 헤어져야 한다.

난 강렬하게 그를 끌어안고 싶은 충동이 마음속에서 몸부림치게 했다. 마리아의 강렬한 까만 눈동자가 빛나고 있었다. 어쩌면 우리는 둘이 다 무엇인가를 원하고 있었는지 모른다.

그녀의 집은 높은 담장으로 둘러쳐진 비교적 잘 사는 집이었다.

서우의 생활하고는 비교가 되지 않았다. 서우는 이 순간에도 스쳐 지나가는 자신의 집을 생각했다.

서우는 그의 눈빛을 피해 시선을 멀리 허공에 맞추고 있었다. 마리아가 그 눈빛을 잡았다.

"나를 원하세요?"

"피하지 말고 날 사랑한다면 잡으세요."

서우의 눈동자가 강렬하게 떨리며 입술은 떨고 있었다. 그러나 행동은 마음처럼 실행에 옮겨지지 못하고 있었다.

그녀가 내 어깨를 잡으며 살며시 나를 끌어안았다.

"갖고 싶지 않아요? 저를?"

나는 멈칫 놀랐다.

마리아는 적극적인 말로 나를 강렬한 눈으로 쳐다보며 나에게 속삭이듯 말하고 있다.

'나도 갖고 싶어요!'

마음속에서는 크게 소리 치고 있었지만 행동은 반대 방향으로 가고 있는 자신이 미웠다. 그를 가지고 싶다는 강렬함이 마음을 흔들리게 하면서 떨고 있었다. 그러나 마음 뿐 행동은 정반대로 가고 있었다. 그녀가 이렇게 적극적인데도 서우는 행동으로 옮기지 못하는 자신이 한없이 미웠다. 그리고 아무런 행동도 더 이상 일어나지 않았다. 강렬하게 그를 끌어안고 길디 긴 입맞춤이라도 퍼부어 대고 싶었지만 이루어지지 않았다. 그녀도 강렬하게 원하고 있었는지 모른다.

어둠이 그의 어깨에 서서히 내려앉고 있었다.

서우는 그녀를 밀치고 뒤돌아섰다. 지금으로서는 난 그녀를 받아들일 수가 없다.

나의 모든 조건이 쉽게 그를 받아들일 수 없었다. 마리아는 정말 내가 좋았던 걸까. 지금 생각하면 남자가 할 수 있는 말을 그녀가 먼저하고 있는데 서우는 놀라고 있었다. 그러나 현실이 그와의 사이를 방해하고 있었다. 군에도 가야 한다. 제대 후 취업이 뜻대로 이루어질지도 의문이다. 이런 현실적인 문제들이 서우를 얽어매고 놓을 줄을 몰랐다.

문득 언제 올지 모를 입영 통지서를 생각했다.

언젠가는 가야 할 군복무. 빨리 다녀와야 한다. 그리고 내 생활의 방향을 잡아야 한다.

오늘이라도 집에 가면 통지서가 와 있을 지도 모른다. 그러나 그게 무슨 상관이란 말인가.

서우의 앞날은 앞이 보이지 않고 있다. 현실적으로 앞이 열려있는 일은 아무것도 없다. 앞날이 캄캄하기만 하다. 특별하게 앞으로 보장된 일이란 아무것도 없다. 군 복무를 마치고 학교를 졸업한 후에 생각해볼 문제다.

  난 바보다. 천치다. 무엇이 두렵단 말인가. 그녀가 나를 그렇게 원했는데도 뿌리치고 돌아서는 바보, 난 정신없이 뛰었다. 얼마를 뛰어 흑석동 골목길을 뛰어 내려 왔는지 모른다. 숨이 턱까지 차며 헐떡거렸다. 언제 이 길을 또 와 걸을 것인지 예측할 수 없다. 서우는 버스에 몸을 실으며 수없이 중얼거려 본다. 용기 없는 바보, 바보, 바보, 용기란 무엇일까? 용기란 자신보다 강한 사람 앞에 당당히 나설 수 있을 때 참다운 용기라 할 수 있다. 서우는 마음이 찢어지도록 아파하며 중얼거렸다.

그녀와 헤어진 후 무덤덤하게 지나갔고 그녀를 보고 싶은 마음은 간절했지만 체념하며 그렇게 여러 달이 지나갔고 그녀로부터도 아무런 연락이 없었다.

서우도 바쁘게 지나가는 시간 속에 한가하게 틈을 내기 힘들게 시간이 흘러갔다. 그녀에게 아무런 연락도 하지 못했다. 이 상황에서 특별히 만나자고 할 용기도 틈도 없이 지나갔다. 생활은 예나 지금이나 마찬가지로 쳇바퀴 돌 듯 별다른 일 없이 그날이 그날처럼 바쁘게 지나갔다.

그러던 어느 날 서우는 드디어 입영 통지서를 받았다. 드디어 나도 남들이 다 다녀오는 군 복무를 해야 한다. 나도 모르게 손이 떨려 왔고 가슴이 두근거리고 진정되지 않았다.

정확히 일주일 후면 서우는 군에 입대해야 한다. 할 일은 많았지만 모든 일이 손에 잡히지 않았다.

졸업까지는 아직도 일 년이 남았다. 생각 같아서는 빨리 졸업을 마치고 군에 가고 싶었다. 그리고 빨리 취업을 하여 안정된 내 생활을 해야 무엇인가 할 수 있을 것 같다. 그러나 선배들은 말한다. 대한민국의 남자라면 국방의 의무를 이행하고 군에 다녀와야 생각도 많이 달라지니까. 입영 통지서가 나오면 연기하지 말고 빨리 군 복무부터 하라고 조언한다. 서우도 선배들 말을 따라 군 복무 후 학업을 마치기로 마음먹었다.

서우는 학생과에 들러 휴학계를 작성한 후 담당자에게 제출했다. 마음이 홀가분하고 한편으로는 시원하기도 하고 무엇인가 한쪽이 무너진 기분도 든다. 이제는 당분간 이 학교를 떠나야한다. 학교 정문을 걸어 나오면서 알 수 없는 희열감을 느끼게 하는 것은 무엇일까?

이제는 시간에 쫓기며 아침마다 기차 역전을 향해 뛰지 않아도 된다. 학생들을 가르치는 과외도 모두 정리했다. 정말 오랜만에 한가로운 내 시간을 가져 본다. 시간에 얽매이지 않아도 된다. 자유로운 몸이다. 항상 쫓기듯 생활해 왔던 나다. 정말 아침 일찍 한 시간에 한번 밖에 없는 기차를 타기위해 동인천역으로 뛰어다니지 않아도 된다. 비좁은 버스에 짐짝처럼 떠밀려 들어가는 버스에 오르지 않아도 된다. 모든 게 홀가분하고 자유롭다. 남에게 간섭받지 않아도 되는 자유 그것을 서우는 처음으로 만끽하고 있는 것이다.

자유에는 반드시 책임이 따른다고 중학교 때 사회선생님으로부터 들은 생각이 문득 떠오른다. 자유를 책임질 수 있는 범위 내에서 마음껏 누려보자. 얼마 남지 않은 날이지만 아무 생각도 하지 말고 내 남은 시간을 즐겨보자. 시간에 쫓기며 학생들을 가르치기 위해 시간에 얽매이던 과외도 이제는 하지 않아도 된다. 오랜만에 내가 누릴 수 있는 자유로운 시간, 시간에 얽매이지 않아도 되는 본래 모습으로 돌아와 나만의 생활을 해보자. 틀에 매여진 계획표대로 생활을 기계적으로 하던 내 생활을 놓는 순간 한가로움은 정신까지 멍하게 만들며 무엇인가를 잃어버린 것처럼 만들고 있다.

학교에 휴학계를 제출하고 오는 날 서우는 공중전화 박스에서 오랜만에 마리아에게 전화를 했다. 한가로움이 그녀를 생각하게 한 것인지 지금까지 생각은 간절했지만 잊고 살았는지 그건 나도 모르겠다. 동전이 달그락거리며 떨어졌다. 동전 떨어지는 소리가 그렇게 크게 들리는지 예전엔 느끼지 못했다. 가슴이 쿵쿵 뛰기 시작했다. 기차가 철로 위를 덜커덩거리며 달리는 기차 바퀴의 울림처럼 크게 귓가로 울려 왔다. 마음을 진정시키며 수화기를 잡았다.

왜 마리아의 앞에만 서면 마음이 이렇게 떨리고 내 뜻과는 다른 방향으로 말문이 이어지고 내가 하려고 하는 뜻과 전혀 다른 말을 하고 있는 걸까.

"여보세요?"

그녀의 목소리가 수화기에서 울려왔다.

"여보세요? 말씀하세요?"

재차 마리아의 목소리가 울려왔다.

"여보세요? 저 이서우입니다."

난 혹시나 그녀의 목소리를 놓쳐버리면 어쩌나 하는 조바심에 수화기에 힘을 주어 손에 움켜쥐고 귀에 바짝 대고 있었다.

"어쩜 서우 씨, 전화를 다 주시고 전 다시 못 만나는 줄 알았는데요. 어쩐 일이세요?"

"정말 오랜만이네요?"

서우는 떨리는 가슴을 진정시키며 수화기에 바짝 대고 말했다.

혹시 내 목소리가 들리지 않는 것은 아닐까, 쓸데없는 조바심까지 들었다.

"시간이 되시면 오늘 만날 수 있을까요?"

"그러죠."

그녀는 기다렸다는 듯 대답하며 약속 장소를 물었다. 서우는 젊은 사람들이 어디에서 만나 이야기를 나누는지 지정된 장소를 알지 못했다. 유일하게 아는 곳은 버스 타기 위해 항상 걸어 다니며 보았던 덕수궁밖에 생각이 떠오르지 않았다. 서울역 근방 덕수궁밖에 아는 곳이 없었다.

"서울역 덕수궁 대한문 앞에서 기다리겠습니다."

서우는 수화기를 놓고 덕수궁 정문 앞으로 걸어갔다. 덕수궁 앞에서 서성대고 있는 젊은이들이 많았다. 서우도 그 속의 한 대열에 끼어 사랑하는 사람을 기다리고 있는 것이다. 사랑하는 사람을 기다린다는 것은 설레는 마음 그것이 전부다.

언제까지 기다려도 지루하지 않다. 기다림은 사랑이다. 사랑하기 때문에 어떤 시련과 고통도 이길 수 있을 것이다. 나는 그의 모든 것을 믿는다. 믿음은 사랑에서 시작된다고 생각한다. 사랑에는 어떤 난관이 따르더라도 참고 이길 수 있다고 생각해본다. 나와 같이 서 있는 젊은이들은 무슨 생각들을 하고 있을까?

서우는 마리아의 얼굴만 생각했다. 혹시 내가 그를 알아보지 못하는 것은 아닐까. 사실 서우는 처음 본 여자를 다시 기억하지 못하는 면이 있다. 머리모양만 바꾸어도 잘 알아보지 못하는 쪽이다. 쓸데없는 망상과 초조함으로 그녀만을 생각하며 기다렸다. 얼마나 흘렀을까?

그녀가 멀리서 손을 흔들며 미소 띤 얼굴로 어깨까지 내려오는 긴 머리를 날리며 걸어왔다. 그녀는 언제 보아도 웃는 얼굴에 활기가 있어보였다. 그러나 알게 모르게 볼 적마다 해쓱한 그의 얼굴에 핏기 없는 모습이 서우의 마음을 아프게 했다. 언젠가는 한번 물어본다고 하면서도 쉽게 말이 나오지 않아 그냥 지나가곤 했다.

우리는 반가움의 악수를 나누며 처음으로 가냘픈 그의 손을 잡았다. 찬 냉한 기운이 내 심장까지 전달되는 듯하다. 서우는 큰 손으로 작은 마리아의 손을 보이지 않을 정도로 감싸 쥐었다.

"마리아!"

"오늘은 우리 시내에서 멀리 떨어져 있는 절에 한번 구경 갈까요?"

서우는 마리아의 손을 놓으며 가까이가 그의 얼굴을 보았다. 백지장 같은 그의 얼굴은 핏기가 돌지 않는 사람 같았다. 시내에서 좀 떨어져 있는 곳까지 갈 수 있을는지 모르겠다.

"혹시 길상사란 절에 가본 일이 있나요?"

"길상사, 아니요, 처음인데요?"

"그럼 우리 길상사란 절이 있는데 그 곳에 한번 가 볼까요?"

"좋아요."

마리아는 서우가 하자는 대로 좋아하며 응해주었다.

우린 처음으로 홀가분한 마음으로 걸으며 길상사로 가는 버스 정류장으로 향했다. 많은 사람들이 웃으며 어떤 이는 심각하게 바쁜 걸음으로 오고 갔다. 서우의 마음은 온통 들뜬 기분이었다. 사랑하는 남녀가 손을 맞잡고 걸을 수 있다는 것은 얼마나 큰 행복인가! 온통 세상이 내 것인 것만 같다. 이렇게 시간에 얽매이지 않고 자유롭게 시간을 내어 걸어보는 것이 얼마만인가? 서우는 마음이 붕 떠있는 것 같고 가슴이 진정되지 않았다.

막 도착하여 선 버스에 길상사란 안내판이 보였다. 우린 급히 버스에 올라 성북동에 있는 길상사를 확인하고 빈자리에 마리아를 앉게 했다. 오랜만의 홀가분한 나들이였다.

오고가는 밖의 풍경이 모두 아름답게만 보였다. 사람의 생각이란 어떻게 마음을 먹느냐에 따라 생각도 이렇게 아름답게 바뀔 수 있음을 알게 해준다. 아름다운 생각을 가지면 아름답게, 나쁜 생각을 가지면 나쁘게 작용할 수 있음을 마음을 통해서 보게 된다. 그래서 생각은 마음먹기에 달려 있다고들 하나보다.

한참을 달려 버스는 길상사 안내판이 보이는 정거장에 섰다. 길상사 입구란 표시판이 선명하게 보였다. 그녀가 살며시 서우의 팔짱을 끼었다. 우린 정말 정다운 연인이 되어 길상사 표시가 되어 있는 화살표 방향으로 걸어 올라갔다.

길상사로 올라가는 성북동 골목은 매우 조용하고 한적한 곳이기에 더욱 마음에 들었다.

드라마에서 자주 볼 수 있었던 집들이 여기저기서 볼 수 있었다. 담이 다들 높고 문을 열면 바로 계단이 있고 그 위에 정원이 있고 호화롭고 아름다운 집들이 여기 저기 나열되어 있었다. 서우도 언젠가는 저런 저택에서 마리아와 살아보리라 마음속에 다짐하고 다짐해

본다. 한식집의 구조들이 서우에게는 위화감보다 시간을 되돌려 옛날 선비들이 거주했던 시대로 되돌려놓은 느낌마저 들게 한다.

길상사는 건물이 한곳에 모여 있는 것이 아니라 여기저기 흩어져 있어 마치 정원을 걷는 느낌을 주었다.

길상사는 예전 대원각 자리에 세워진 사찰로 2016년 2월 29일 김영한이라는 여자가 자신의 전 재산인 한식집 "대원각"을 법정 스님에게 통째로 시주해 지은 절이라고 한다.

우리는 길상사 경내를 돌아본 후 나무그늘 밑 조그마한 벤치에 앉았다. 마리아를 벤치에 앉게 하였다. 조금 걸었는데도 그녀는 몹시 피곤해하는 눈치를 보였다. 그리고 서우는 조심스럽게 이야기를 했다.

"이 절의 사랑 이야기를 알고 있나요?"

서우는 마리아에게 눈길을 주며 조용히 물었다.

"잘은 모르지만 조금 들은 기억은 있어요."

"제가 잘 아는 분이 제게 들려준 이야기인데, 이런 사랑 이야기가 있다네요."

1951년 김영한이라는 여인에 의해 대원각이라는 요정이 만들어졌답니다. 그녀는 1916년생으로 다방면에 뛰어난 기생이었답니다. 일본에 유학까지 다녀온 인재로 엄청난 인기를 얻었다네요. 천재시인 백석을 함흥에서 교사로 일하던 중 기생 김영한을 만나 첫 눈에 반해 사랑에 빠지게 됩니다. 그는 그녀를 자야라 이름지어 부르고 영원한 내 마누라다 죽기전까지 이별은 없다고 고백합니다. 그 옛날 가나 때문에 병약한 남자에게 팔려가듯 시집간 열다섯의 소녀.

빨래하는 사이 남편이 우물에 빠져 죽고 시집살이를 견디지 못해 집밖으로 뛰쳐나온 그녀는 기생이 되고 말죠.

그녀의 나이 열여섯, 재능 많은 그녀는 신윤국의 총애를 얻게 되고 그의 도움으로 일본 유학을 하게 되죠. 스승 신윤국이 일제에 투옥되었다는 소식에 귀국하여 끝내 일본으로 돌아가지 못하게 되죠.

스물 둘이었던 그는 평생의 정인인 백석을 만나게 됩니다.

시인 백석의 대표작 〈나의 나타샤와 흰 당나귀〉는 김영한을 위해 쓴 시라고합니다. 두 사람은 첫눈에 반해 연애를 시작했답니다. 백석이 시를 접고 함흥에 와서 학생들에게 영어를 가르치고 있을 시절 외진 곳에 갑자기 나타난 서울시인 총각, 백석의 존재는 단연 돋보였습니다.

그러던 어느 날 동료 선생의 송별회 자리에서 백석과 김영한은 손님과 기생 관계로 만나게 됩니다.

이런 자리가 낯선 듯 머뭇거리는 김영한에게 백석은 호감을 느끼죠. 그리고 그녀에게 적극적으로 다가갑니다. 술에 취해 기생 손목을 잡으며 사랑을 고백하죠.

"성급한 당신의 그런 모습이 나에게는 오히려 사랑스럽다."며 그를 이해하고 그녀도 백석에게 반했죠. 둘이는 사랑을 시작하죠. 백석은 김영한에게 '자야'라는 아호를 지어 주었답니다. 지금으로 말하면 애칭이죠. 둘은 헤어지기 싫어 서로의 집을 오고가며 밤을 지새웁니다.

그의 부모님은 기생이었던 자야의 존재를 인정해 주지 않죠. 그 당시 봉건 사회에서 생활은 완벽하게 자유롭진 못했죠.

결국 그는 부모의 부름에 서울로 돌아가고 그 곳에서 부모님의 성화에 다른 여자와 결혼합니다.

유부남인 백석은 함흥으로 돌아와 만주로 도망가 살자고 자야에게 말하죠. 남자의 앞길을 망칠 수 없는 자야는 백석 몰래 서울로 떠나 버립니다. 사랑하는 사람의 앞날을 위해 그를 놓아 주기로 한 거죠. 어디로 간단 말도 없이 떠난 자야 앞에 백석이 쪽지 한 장을 가지고 나타납니다. 그 쪽지에 쓰인 시가 바로 〈나의 나타샤와 흰 당나귀〉이죠. 깊은 산골로 도망가 살자는 마음을 담은 시.

자야는 이 시를 읽고 감격하죠. 그 후에도 두 사람은 자야의 서울집에서 잠시 살죠. 꿈만 같은 시절이었죠. 행복한 시절도 잠시, 백석은 부모의 성화에 못 이겨 두 번째 결혼을 하고 가정을 파괴했다는 생각에 소름이 끼쳐 도망치죠. 백석은 그녀를 찾아 만주로 떠나자고 조르죠. 부모의 끝없는 압박, 일제치하의 답답함에 결국 백석은 자야를 설득하는데 실패하고 혼자 만주로 떠나죠.

그렇게 헤어진 후 다시는 만나지 못합니다 백석이 발표하는 시에서 둘의 사랑의 흔적을 찾아가며 평생 그를 그리워하죠.

7천 평의 으리으리한 한식당을 운영하면서도 백석과의 추억에 묻혀 살던 22살의 예쁜 처녀였던 그녀가 할머니가 되었을 무렵 법정 스님의 "무소유"를 읽고 큰 감명을 받고 그리고 자기 생애 아름다웠던 시절로 돌아가려 해요. 그는 스님에게 한식당을 절로 만들어주기를 원해요. 그때 그 시절의 절이 지금의 길상사라고 해요.

그녀에게 한 기자가 1조원이 넘는 돈을 기부했는데 아깝지 않느냐고 물었대요. 그랬더니 "내가 평생 모은 돈은 그의 시 한 줄만 못하다. 나에게 그의 시는 쓸쓸한 적막을 시들지 않게 하는 맑고 신선한 생명수의 원천이었다.”고 답했다 하네요.[대학 네일 참조]

"어떻게 한 남자를 평생 사랑할 수 있을까요? 요즘 젊은이들이 보면 웃기는 이야기라고 할 것 같죠."

"요즈음 젊은이들 속에서도 그런 사랑을 하는 분들이 있을까요?"

묵묵히 내 이야기를 듣고 있는 마리아에게 던진 말이었다.

"죽도록 사랑할 수 있는 사람이라면 무엇인들 못하겠어요. 가능하지 않을까요?"

"사랑하는 사람한테 모든 걸 다 바친들 아까울 것이 없겠죠."

난 그의 눈을 응시했다. 우수에 어려 있는 듯한 마리아의 눈가에 서우가 알지 못하는 이슬이 맺혀 있었다.

"마리아." 서우는 마리아의 눈을 응시하며 머뭇거리며 이야기를 꺼냈다. 3년간의 군 복무기간은 마리아를 마음대로 만날 수 없다. 가슴이 답답하고 마음이 아려온다. 서우는 무거운 마음으로 마리아에게 말했다.

"마리아."

"전 오늘 이후로 몇 년간은 마음대로 자유롭게 마리아를 만나는 것은 힘들 것 같아요. 지금도 만나기 어려웠지만 앞으로는 더욱 만나기 힘들 겁니다."

"왜요?"

다급히 그녀가 물었다.

"저 군에 입대하라는 입영통지서가 나왔습니다. 남자라면 누구나 가야하는 곳인데요, 꼭 일주일 남았네요."

그의 까만 눈동자가 흔들렸다. 금세 까만 눈동자에 눈물이 맺혀왔다.

"대한민국의 남자로 태어나면 누구나 군에 가서 나라를 지켜야 할 의무가 있고 남자라면 누구나 한번은 다녀와야지요. 학교에도 오늘 휴학계를 내고 왔습니다."

서우는 마음을 진정시키며 조용히 떨리는 목소리로 마리아에게 말했다.

어려운 부탁이지만..., 서우는 머뭇거리며 마리아에게 말했다.

"제가 군 복무를 마치는 날까지 저를 기다려 주시겠습니까?"

서우는 어디에서 이런 용기가 나왔는지 모르겠다. 무작정 마리아를 놓아서는 안 된다는 생각이 서우의 마음을 점령하고 있었다. 오늘 이 여자와 헤어진다면 다신 이런 여자를 만날 수 없을 것 같았다.

그녀는 격하게 목 메인 소리로 말했다.

"그렇게 말하지 말고, 기다려 달라고 하세요. 나를 놓지 않겠다고 단호하게 말해주실 수는 없으세요? 서우 씨, 저를 정말 사랑한다면 저를 좀 적극적으로 잡으세요."

서우는 욱하고 저 밑바닥에서부터 치밀어 올라오는 마음을 억제하며 격하게 그녀를 끌어안았다. 온 몸의 체온이 그녀와 엉켜 가슴이 덜컹거리며 뛰고 있었다. 마리아의 두툼한 앞가슴이 서우의 가슴을 짓누르며 가슴을 뛰게 하였다. 이런 감정이 사랑하는 마음일까? 서우는 떨리는 말로 마리아에게 말했다.

"마리아, 나는 당신을 믿고 사랑합니다. 저는 죽는 날까지 마리아를 놓지 않을 겁니다."

"서우 씨 저도 죽도록 서우 씨만 사랑할겁니다."

"제가 살아 있는 한 전 서우 씨를 놓지 않을 겁니다."

마리아의 눈에서는 굵은 눈물방울이 양 볼로 흘러내리고 눈물 맺힌 얼굴로 서우를 올려다보며 말했다.

더 오고 갈 무슨 말이 있으랴. 우린 누구랄 것도 없이 서로 얼굴을 포갠 채 긴 입맞춤이 이루어졌다. 영원히 이 시간이 멈추지 말았으면 하고 서우는 생각하고 있었다.

그녀의 모든 것이 입술을 통해 서우의 가슴으로 빨려 들어왔다. 서우는 마음속으로 말하고 있었다. 어떤 일이 있어도 마리아를 죽는 날까지 변치 않고 사랑하리라. 그리고 이 여자를 죽음이 나를 갈라놓을 때까지 영원히 마음속에 담고 사랑하리라.

입영하던 날 아침 서우네 식구는 오랜만에 모두 한 자리에 둘러앉았다. 이렇게 온 식구가 한 자리에 모이기는 정말 오랜만이었다. 서우가 장남으로 태어나 처음으로 군에 가는 아들을 위해 아버지가 전 식구를 불러 모았다. 오랜만에 밥상머리에 온 식구가 모인 자리다. 아버지는 큰 아들을 위해 돌아올 때까지 몸 건강이 돌아오길 빌며 아들을 위해 눈물로 기도하셨다. 아버지가 이렇게 간곡히 눈물을 보이며 기도하는 모습을 서우로서는 처음 보았다. 아주 어렸을 적 아버지를 찾아 남으로 넘어와 인천 부두에서 처음 나를 부둥켜안고 눈물을 보이시던 아버지, 두 번째로 아버지의 눈물을 보았다.

온 식구가 눈물바다가 되어 아침밥을 먹을 수가 없었다. 큰 아들을 처음 군에 보내는 부모의 마음은 아들을 잃어버리는 느낌이었을 것이다. 60년대 당시는 군에 간다는 것은 큰 행사였다. 시국도 어수선하고 남과 북은 완전 냉전 상태였다. 3년간을 떠나 보내야하는 부모의 마음을 이렇게 말로 표현하랴, 아마도 하늘이 무너지는 기분이셨을 것이다.

서우는 눈물로 범벅된 밥상을 뒤로 하고 부모님과 형제들과 헤어져 입영하는 장병들의 집결지로 향했다. 부모님이 오시겠다는 것을 간신이 물리치고 집을 나오느라 많은 시간을 허비했다.

서우는 아침도 제대로 먹지 못한 채 입대하는 장병들이 모여든 경기도 병력이 모이는 부천 초등학교 운동장으로 갔다. 어느새 많은 입대자들이 모여 있었고 벌써 머리를 완전히 밀어버린 입대자들도 많았다. 입대자들이 하나둘 모여들기 시작했다. 가족들을 여러 명씩 동반하여 모여든 운동장은 아수라장이었다. 아들을 부둥켜안고 우는 어머니, 누나 동생들, 다시는 못 볼 것 같은 생각에서인지 아들을 부여안고 손을 놓지 못하는 어머니들이 많았다.

한참 후 군에서 나온 장교 한분이 나와 입대 장병들을 한자리에 모이게 했다. 소란스런 운동장은 진정되면서 앞으로 기차를 타고 가면서 군부대까지 가는 동안 지켜야 할 사항들을 말하기 시작했다. 모든 사항이 전달되고 입대 장병들은 조를 편성하여 군용 열차에 태우기 시작했다. 마리아와 가족들에게는 서우가 못 나오게 하여 서우는 인사를 나눌 사람도 없었다. 서우는 조용히 떠나고 싶었다. 군에서의 3년간의 생활을 어떻게 보내야 할는지 자신도 어떻게 진행될는지 모르는 군대 생활의 막이 열리고 있었다.

어둠이 짙게 깔리면서 군용열차는 논산으로 출발하였다. 처음 집을 떠나 단체적으로 틀에 매여진 생활이 이루어지는 군생활의 첫걸음이 서우에게 닥치고 있는 것이다.

서우에게는 이렇게 낯선 타향에서의 군 생활이 시작되었다. 수영 연대에서 신체검사를 받고 논산훈련소에서 4주간의 훈련이 시작되었다. 시간표대로 짜여 진 단체 생활에 적응하는데 여러 날의 어려움이 뒤따랐다.

처음 받아보는 훈련은 혹독했다. 이렇게 혹독한 과정을 거쳐야 하나의 완성된 군인이 탄생되는 것이다. 서우는 남보다 열심히 하려 노력했다. 4주간의 훈련이 끝나가는 마지막 주 훈련소 중대장님은 서우에게 조교로 남아주기를 바랐다. 그러나 서우는 완강히 거절했다. 논산이란 말이 나와도 그 당시로서는 싫었다. 가장 좋은 보직을 싫어하는 나를 중대장은 아쉬워했다. 훈련과정을 잘 마치고 훈련소를 나오던 날 서우는 가장 어렵고 힘들다는 비무장지대 전방 수색중대에 근무 명령을 받았다. 차라리 혹독한 군 생활을 하는 것이 모든 사회에서의 일들을 잊게 하는 데는 큰 위안이 될 거라 생각해 본다. 본인 마음대로 되는 것도 아니고 군의 부름대로 움직여야하는 사회인데 내 마음대로 할 수 있는 것은 아무것도 없었다.

길다면 긴 35개월 15일의 긴 국방의 의무를 시작했다. 서우를 군 생활에서 버티게 해준 것은 마리아의 끊임없는 용기와 격려의 편지가 위안이 되었다. 아마도 그녀가 없었다면 이 긴 기간을 어떻게 보냈을까? 마리아는 틈만 나면 편지를 보내주었고 서우의 유일한 즐거움은 저녁 시간에 주번 사관이 나누어주는 편지가 유일한 즐거움이었다. 하루라도 일직 사관이 나누어주는 속에서 편지가 빠지는 날은 힘이 빠지고 모든 것이 무너지는 기분이었다.

군 생활에서 가장 힘들고 어렵다는 수색중대, 유격대 생활, 그리고 휴전선 비무장 지대에서의 민정경찰 근무, 어려운 훈련과 군 생활에서도 마리아는 서우에게는 큰 용기를 주고 힘이 되어 주었다. 아마도 그의 응원이 없었더라면 이 기간을 좌절 속에서 헤어나지 못했을 지도 모른다. 마리아는 끊임없는 편지와 격려로 서우에게 용기와 힘을 주었다. 그리고 험하디 험한 이곳에 여러 번 서우를 찾아와 면회를 해주었다.

서우가 제대를 5개월 앞둔 날 부터 마리아의 편지는 오지 않았다. 서우는 마음이 조급하고 모든 게 손에 잡히지 않았다.

무슨 일이 있는 걸까? 혹시 군에 가면 여자들이 긴 기간을 참지 못해 고무신을 거꾸로 신는다는 말이 맞는 걸까? 그러나 마리아는 그럴 여자가 아니란 걸 서우는 너무나 잘 알고 있다. 분명 서우가 알지 못하는 일이 있는 것만은 확실했다. 그러나 알 수 있는 도리가 없었다. 제대 특명만 기다리는 것이 전부였다.

별의별 생각을 다하며 서우는 남은 5개월을 무사히 보냈다. 이 기간이 군 전체의 기간보다 더 길게 느껴지게 했다. 드디어 제대의 특명을 받고 군 생활을 마감하는 날이 돌아왔다. 얼마나 긴 세월이었던가. 생각하면 많은 생각과 서우가 느껴보지 못했던 많은 생각들을 군 복무를 거치면서 마음이 담대해지고 새롭게 태어나는 계기가 되었는지 모른다. 그래서 선배들은 군에 다녀와 봐야 새로 태어난다고 했나 보다.

자유, 자유란 것이 이런 것이구나. 자유란 느껴본 사람만이 더 절실함을 깨닫게 되는 것 인지 모른다. 홀가분한 마음이 모든 게 내 세상 같았다. 날아갈 것 같은 기분이었다. 아마도 서우의 일생 중 가장 기분 좋았던 순간이 35개월 15일의 군복무를 마치고 받아든 제대증이 아닐까 생각해 본다.

제대증을 받아든 서우는 멍한 공백 상태에서 한동안 그 자리에서 움직여지지 않았다. 기분이 이상하게 멍하고 정신 나간 사람처럼 무엇에 홀린 듯하고 내 몸이 아닌 것 같았다. 제대복 차림으로 제일 먼저 찾아간 곳은 마리아의 집이었다. 흑석동의 즐비한 높은 담장들이 늘어서 있는 그곳에 그녀의 집이 있었다.

서우가 마리아를 만나 그를 집에 데려다 주면서 서우네와는 다른 환경에 살고 있는 마리아의 집에 위압감을 느끼며 돌아와 밤잠을 설치며 괴로워했던 이 집 앞에 서우는 서있는 것이다.

서우는 떨리는 마음으로 초인종을 눌렀다. 길게 초인종 소리가 경쾌한 울림을 발하며 울려 나갔다.

어떻게 그녀는 변해 있을까? 나를 정말 반겨 주기나 할까. 불안과 초조감이 서우의 머리를 스치며 지나갔다. 초인종을 누른 후 한참 후에 서우 아버지 연세의 남자 한 분이 나왔다.

"여기가 마리아집이 맞나요?"

"그런데요, 청년은 누구신지?"

"전 마리아 친구 이서우라고 합니다."

"아, 그래요! 내 딸이 그렇게 찾던 청년이구만."

마리아 아버지는 풍채도 좋으시고 잠깐 보아도 배운 사람만이 가질 수 있는 지적인 면이 풍기는 평범한 사람들과는 좀 다른 모습을 느낄 수 있었다.

"잠깐 기다려 봐요."

그녀의 아버지는 잠시 집안으로 들어갔다 나오시며 편지 한 통을 건네주었다. 이 편지를 젊은이가 찾아오면 꼭 전하라고 신신당부했

는데 청년이 내 딸이 찾던 젊은이라고…, 말을 잇지 못하고,

"내 딸은 몇 달 전에 하늘나라에 갔네. 그렇게 조금만이라도 더 살게 해달라고 기도하던 내 딸이었는데 삶의 의욕이 강하고 활발하고 명랑했던 내 하나뿐인 외동딸인데 먼저 하늘나라로 데려가 버리고 말았네."

"네?"

서우는 내가 잘못 들었나 하고, "지금 무엇이라고 말씀하셨나요?"

"내 딸이 이 세상 사람이 아니라네. 하늘나라로 먼저 가버리고 말았다네."

몸이 건장한 마리아의 아버지는 금방 눈가에 이슬이 맺혀 왔다.

서우는 눈앞이 노래지며 정신이 몽롱하고 헛구역질이 나며 그 자리에 주저앉고 말았다.

"내 딸이 청년이 혹시 찾아오면 이 편지를 주라며 그렇게 보고 싶어 하더니만 눈을 감았지."

"내 딸은 지금은 김포 추모공원에 가면 만나게 될 걸세. 한번 시간이 날 때 들러보면 좋겠네."

서우는 지금 듣고 있는 이야기가 무슨 이야기인지 모르겠다고 생각했다. 마리아가 죽다니, 서우는 마리아 아버지께 인사를 하는 둥 마는 둥 하고 뒤돌아서 흑석동 그의 집을 등지고 내려갔다.

온몸이 무너지며 털썩 그 자리에 주저앉아 엉엉 울고 있었다. 지나가는 사람들이 어느 실성한 청년이 울고 있다고 생각했는지 힐끗힐끗 쳐다보며 스쳐 지나갔다.

서우는 그녀의 편지를 조심스레 펼쳐 들었다.

"서우 씨!

당신이 제 편지를 보게 되는 날은 전 아마도 하늘나라에 있을 겁니다. 진작 사실을 말했어야 하는데 그렇게 쉽지 않았네요. 용서해 주십시오.

전 오래전부터 지금의 의술로는 고칠 수 없는 백혈병에 걸려 투병하고 있었습니다.

제가 양양에서 서우 씨를 처음 만날 때도 요양 차 공기 좋은 곳으로 내려가 있던 중이었습니다.

미리 말씀드리지 못함을 거듭 용서를 빌어 봅니다.

전 처음 서우 씨를 만나던 날 첫 눈에 이 사람은 내 사람이다 생각했습니다. 정말 하늘이 내게 내려준 사람이라고 생각했고 진정 사랑했습니다. 내 삶의 생이 좀 더 길었더라면 좋았을 텐데 신은 나를 붙들어 주지 않네요. 저는 세상에 태어나서 처음으로 서우 씨를 알았고 진정으로 제 마음에 지울 수 없는 사람이었습니다.

서우 씨!

저를 이 시간 이후로 잊으시고 좋은 추억이려니 생각하시고 좋은 사람 만나 행복했으면 합니다. 제가 마지막으로 서우 씨에게 건네는 기도일겁니다.

이 편지를 받을 때쯤 계절도 바뀌어 하얀 목련꽃이 서우 씨 학교교정에도 탐스럽게 피어나겠지요. 정말 보고 싶고 제 모든 마음을 다 바쳐 사랑했습니다.

아무쪼록 건강하시고 저를 빨리 잊으시고 좋은 친구도 만나세요. 저로 인해 마음에 상처를 오래도록 받지 않았으면 합니다."

서우는 눈물이 쏟아져 이 편지를 다 읽을 수가 없었다. 마음이 돌덩이에 걸려 숨을 못 쉬듯 마음이 갈기갈기 찢어져 나가고 있었다. 이 쓰라린 아픔을 어디에다 표현할 수 있으랴.

서우가 군 제대를 몇 개월 앞두고 난 후로는 마리아의 병세는 더욱 심해져 나을 기미를 보이지 않았다.

일주일이 멀다하고 항암제 투여와 혈액을 공급받지 않으면 생을 유지하기 힘들었다. 마리아의 아버지는 딸의 혈액을 공급받기 위해 동분서주하며 뛰어 다녔다.

마리아는 아버지를 볼 때마다 미안한 마음으로 빨리 하늘나라로 갔으면 하는 마음뿐이었다.

그러나 생명이란 모질고 길었다. 마리아는 살고 싶었다. 일 년이라도 사랑하는 사람과 결혼하여 살고 싶었다. 그게 그녀의 마지막 소원이었다.

두 번의 큰 수술이 있었고 모든 걸 잘 참아냈다. 그녀는 누구보다 살고자 하는 의욕이 강했다. 그러나 죽음은 어느 누구도 막을 수 없었다.

겨울이 지나고 봄이 오기 시작하는 날 마리아는 죽음을 예측한 것일까? 아버지 앞에서 "그동안 나를 낳아주시고 이렇게 제 옆을 지켜 주셔서 감사합니다." 라고 말하며 조용히 눈을 감았다.

부모님께 고생한 고마움을 떨리는 입술로 읊조리며 마음속으로 서우를 사랑한다는 마지막 말을 남겼다고 한다.

서우는 마리아의 아버지 이야기가 귀에 윙윙 소리를 내며 스쳐 지나갔다. 죽음은 누구에게나 찾아온다. 그러나 앞날이 창창하고 더 살아야 하는 젊은이들에게 찾아오는 죽음은 너무 애달프다. 누군가 말했던가, 하나님은 하늘나라에서 꼭 필요한 사람을 먼저 데려가고 필요 없는 사람들을 가장 늦게 데려간다고 한다. 세상에서 필요 없는 만큼 고생하다 오라는 뜻이라고 어느 친구가 한 이야기가 생각난다. 그러나 마리아는 더 살아야 했다. 미처 다 피어 보지도 못하고 사라지는 들꽃처럼 그렇게 신은 하늘나라로 데려가고 말았다.

서우는 그 길로 마리아가 잠들어 있는 김포추모공원에 들렀다. 지금도 환하게 웃으며 달려 나올 것 같은, 마리아의 엷은 미소를 띠며 납골함에 비치된 한 장의 사진이 서우를 맞이하고 있었다.

서우는 목 놓아 아무도 없는 산 속에서 울었다. 아무리 목 놓아 울어도 속이 후련하지 않았다. 지금에야 항상 핏기 없는 마리아의 얼굴을 알듯했다. 자신의 건강을 말하지 않으면서도 항상 활기차게 웃으며 명랑했던 마리아의 얼굴이 서우 앞으로 다가 와 멈춘다.

서우가 제대를 하고 집에 돌아온 날 부모님은 맨발로 뛰어나와 서우를 얼싸 안아주었고 동생들도 모두 기뻐해 주었다.

그러나 제대하고 돌아온 서우는 몇 날을 실성한 사람처럼 아무것도 먹지 않았고 방에서 조금도 움직이지 않았다. 부모님은 아들이 군에 갔다 돌아와 정신이 나간 게 아닌가 생각하며 왜 그러는지를 물었다.

서우는 몇 날을 그렇게 밖에도 나가지 않은 채 방에서만 지냈다. 이러다 죽는 것이 아닐까 차라리 마리아를 따라가고 싶은 마음뿐이었다. 극단적인 생각을 수없이 해보았지만 서우에 매달려있는 가족을 버릴 수는 없었다.

옛날 말에 세월이 약이란 말이 있었던가? 서우는 마음을 굳게 먹고 다시 시작해야만 했다. 산 사람은 살아야만 했다. 잘 살아가는 것이 마리아에 대한 보답이고 부모님에 대한 도리라고 생각했다.

복학을 하고 4학년이 된 서우는 취업준비에 매달리지 않으면 안 되었다. 일 년이란 기간이 어떻게 지나갔는지 모르게 흘러갔다. 바쁜 나날 속에서 마리아와의 일을 잊으려 노력했다.

졸업식 날 서우는 아무도 부르지 않은 교정에서 마리아를 생각했다. 그와 걸어 나오던 교정을 걸었다. 지금 이 길을 나 혼자 걸어 나오는 것이 아니라 마리아가 내 옆을 같이 걷고 있는 것이라고 생각했다. 그리고 다짐했다. 난 이 여자와 평생 살아가리라. 지금 난 어느 누구도 사랑할 수 없었다. 오직 마리아만이 내가 살아가는 이유고 그와 지내왔던 추억만이 내 마음 전부를 점령하고 있다.

서우는 아버지 뒤를 이어 졸업 후 시골 고등학교에서 교편생활을 시작했다. 모든 것을 잊으려 노력 했지만 잊어지지 않았다.

나이가 들면서 여기저기서 결혼 이야기가 오고 갔다. 서우는 결혼 이야기가 나올 적마다 머리를 설레설레 흔들었다. 마리아를 보내고 결혼한다는 것은 그에 대한 배신이라고 생각했다. 그를 보내고 다른 여자를 만난다는 것은 꿈에도 생각할 수 없었다. 결혼에 대한 흥미가 조금도 마음에 일어나지 않았다.

마리아를 보내고 다른 여자를 만난다는 것은 한 순간도 생각할 수 없는 일이었다. 다른 여자를 만나 결혼한다는 것은 그에 대한 배신이고 도리가 아니라고 생각하였다. 그러나 그런 생각들은 부모님께는 불효였다. 서우는 모든 것을 빨리 잊기 위해 학생들에게 매달렸다. 고민이 많은 학생들을 찾아 친절하게 상담도 하며 그들의 고충을 이해하려 노력했다. 시골에서 들풀처럼 자라온 시골 학교의 학생들은 젊은 선생님이 부임해 그들의 마음을 이해해주고 그들 편에 서서 모든 것을 들어주려 애쓰는 서우에게 학생들은 너나없이 모여 들었다. 학생들과 친구처럼 지내려 노력했다. 그리고 선생님이 있음으로써 전 정말 행운을 얻었다는 영화의 한 대목처럼 열심히 학생들과 지냈다. 그것이 마리아보다 더 오래 살고 있는 자신이 그에게 갚는 빚이라 생각했다.

  서우는 모든 일을 학생들을 가르치고 지도하는 일에만 전념했다. 이렇게 세월은 흘러가고 있었다.

서우가 돌아가신 이 노인을 만난 것은 두 번째 학교에서였다.

이 노인은 해방과 더불어 4학년이 되던 해 한국으로 아버지를 따라와 인천에서 자리를 잡았단다.

일본에 강제 징용으로 끌려간 아버지는 말할 수 없는 고통과 수모를 일본인들로부터 당했다고 나를 만나면 수없이 열을 올리며 되풀이 이야기를 했다.

그러면서 징용에 대한 보상은 일본 정부로부터 한 푼도 받지 못함에 울분을 토하며 원망했다.

이 노인은 국어를 가르치는 선생님으로 서우보다 10년이나 위인 선배 교사였다. 시를 잘 쓰시고 등산을 좋아해 서우와 취미가 맞았다.

이 노인은 항상 나를 만나면 같은 이야기를 반복해서 이야기했다. 우리 세대처럼 불행한 세대가 또 있을까? 우린 대한민국이 건국되면서 초대 이승만 대통령부터 지금의 대통령까지 모든 대통령을 겪어오면서 얼마나 많은 시련과 역경을 거쳤는가. 대한민국은 하루아침에 이루어진 것이 아니라고 수없이 말하곤 했다.

"정말 우리세대가 그 어려웠던 시절 먹고 살기위해 저 태양이 강렬히 내려 쬐는 용광로 같은 사막의 나라 사우디 노동자로, 독일 간호사로, 광부로, 월남 전쟁에서 수많은 젊은이들이 희생되면서 이만큼 잘 살게 되었는데 요즘 젊은이들은 선배들이 고생하며 이루어놓은 경제 발전에 대해서 얼마나 알까? 정말 안타깝고 야속할 때가 많아. 심지어는 아무 쓸데없는 노인들 때문에 자신들이 희생된다고 생각하니 우린 너무 억울하네.

우리도 할 만큼 한 세대가 아닌가, 우리에게도 젊은이들만큼 노력하고 고생했는데 무슨 보람이 있어야지. 젊은 사람들로부터 지탄의 대상이 되고 있으니 살아 있다는 것이 한심하기만 하니, 내 목숨을 마음대로 할 수 있다면 죽고만 싶은 심정이네."

어렵고 고생하던 지난 시절의 이야기를 할 때면 목청껏 소리 높여 울분을 토하곤 했다. 정말 서우가 자라온 세월은 격동의 세기였다. 남과 북이 갈려 아무런 공장도 없던 시절 그저 먹고 살 수 있고 자녀를 키울 수 있는 일이라면 물불을 가리지 않고 일했다. 일할 수 있는 곳이라면 어디든 뛰어 들어 일했다.

언젠가 길상사에서 이 노인은 자신의 첫사랑 이야기를 했다.

자신의 집은 너무 가난해 한 방에서 여섯 식구가 살았는데 가장 고통스런 것은 밤에 소변을 보는 일이라고 했다.

옛날 우리 시대에는 공중화장실이 있었고 돈을 내야만 들어갈 수 있었다. 물도 수돗가에서 줄을 서야만 지게로 져 와서 먹곤 했다. 서우네 가정도 이 노인과 다름없었다.

이 노인은 일찍 자수성가하지 않으면 안 되었다. 아버지가 일찍 돌아가시고 홀어머니와 동생들과 먹고 살기위해서는 무슨 일이건 해야만 했다.

인천 부두에서 어린 시절 친구와 아침부터 기름통을 굴리고 몇 푼 안 되는 돈으로 끼니를 때우고 고등학교를 간신이 졸업하고는 서울에서 초등학생을 가르치는 가정교사를 했는데 가정교사 시절 자신이 가르치는 집의 아들의 누나가 자기를 몹시 좋아했단다.

"정말 미인이었지."

"나도 첫 눈에 반하여 시간만 나면 어울렸지."

"그게 내게는 최선의 낙이었지. 그러나 첫사랑은 잘 이루어지지 않는다지 않나, 군에 갔다 왔더니 고무신을 거꾸로 신고 다른 남자를 만나 결혼해 버리고 말았다네."

"좋은 여자였지."

이 노인은 입을 다시며 멀리 응시했다. 그때 일이 주마등처럼 지나가는 듯했다. 서우는 이 노인의 첫사랑 이야기를 퇴직 후에도 수없이 들었다. 노인들은 꿈이 없고 추억만 먹고 사는가 보다.

지금의 부인은 교도관을 하는 집안의 딸이었는데 머리가 남달리 뛰어나 어려서부터 수재라는 소리를 들으며 자라났단다. 그 당시 경기여자고등학교에 간다는 것은 지방에서는 하늘의 별 따기였다. 정말 전국의 수재만 모이는 학교였다. 공부에만 전념해 그 당시 경기여자고등학교를 들어가 어렵게 공부한 부인을 만나게 되어 고생만 시켰다고 한다. 이 노인의 사모님은 정말 똑똑하시고 남편을 하늘같이 모시는 전형적인 현모양처로서 글도 잘 쓰시는 활달한 분이었다. 이 노인은 항상 말하곤 했다. 자신의 부인이 자기를 만나지 않았으면 정말 잘 살고 있을 거라고, 그의 친구들을 보면 거의가 내로라하는 그룹의 총수 부인, 장관 부인, 국회의원 부인 등 고위직 부인이라고 말하곤 했다. 그런데도 친구들 사이에서 자존심 상하지 않고 잘 화합하는 아내가 고맙다고 여러 번 말하기도 했다. 성격이 활달하고 친구들과 잘 어울려 동창들 사이에서 없어서는 안 될 분이기도 했다.

이 노인은 서우를 만날 때마다 모든 것 잊고 좋은 사람을 찾아보라고 충고하시면서 살다보면 인생살이 다 비슷하니 마음 맞는 여자 찾아보라고 여러 번 충고를 하셨다.

이 노인의 운명도 잘 풀리지 않았다.

퇴직 후 연금으로 살아가면 좋으련만 큰 아들이 증권회사를 친구와 하면서 퇴직금을 일시불로 받아 아들에게 주었다가 홀랑 다 날려버려 빈털털이가 되었다.

그 당시는 은행 이율이 높아 퇴직금을 일시금으로 받아 자식들에게 날리는 경우가 허다했다.

항상 이 노인은 그 사건으로 자신을 학대하면서 살아왔다.

아들들 복도 별로 없었다. 큰 아들은 어느 고등학교 교사를 하는 며느리를 만나 잘 사는 듯했다. 그러나 아들 사업 실패로 둘은 갈라서고 말았다. 두 아들들도 학교시절 공부는 잘 했는데 사회에서는 잘 풀리지 않았다. 학교에서의 모범생이 사회에서 반드시 모범생은 아닌가보다. 얼마나 많은 사람들이 자신의 마음먹은 뜻대로 되지 않아 절망하고 괴로워하는가? 그래도 그걸 이겨내야 하는 것이 현실이고 언젠기는 성공할 수 있는 날이 올 거라 희망을 걸고 살아가는 것이다.

이것이 사람들 누구에게나 주어진 현실인지 모른다. 그리고 이런 희망마저 없다면 우리 인간들은 어떻게 살까?

이 노인은 모든 짐을 정리하여 서울근교에서 멀리 떨어진 시골로 이사를 했다. 그곳에는 그의 친한 동료가 살고 있었고 산도 뒤편에 있어 산을 좋아하는 이 노인은 이곳이 안성맞춤이었다.

이 노인의 동료도 같은 교사였지만 부모로부터 물려받은 재산과 연금으로 잘 살아가는 편이었다.

그러나 인생살이는 그렇게 순탄하지만은 않았다. 부인과의 사이가 좋지 않아 항상 싸우고 싸움이 있는 날은 이 노인이 살고 있는 아파트에 내려와 다투고 자신의 입장을 하소연하면서 싸움이 마무리되지 않아 그걸 해결해주는데 이 노인은 진저리를 내고는 했다. 사람이 살아가는데 돈이 전부는 아닌 듯했다. 그렇게 이 노인만 만나면 돈 자랑을 하던 그의 동료가 어젯밤 화장실에서 목을 매고 자살하고 말았다. 큰 사건이었다. 그 후로 이 노인은 이 동네를 떠나고 싶어 했지만 현실은 뜻대로 되지 않았다.

사람은 돈만 있다고 행복한 것만은 아닌가 보다. 인간의 세상살이를 신은 정말 공평하게 만들어 놓고 있는지 모른다. 한 사람에게만 지나친 행복을 부여하지 않은 신의 섭리를 다시 한 번 생각하게 한다. 집을 부동산에 내놓아도 팔리지 않았다. 이 노인이 살고 있는 아파트 지역은 아파트만 밀집되어 있었지 먹고 살 수 있는 회사가 없었다. 집값은 계속 폭락되었다. 그나마 마지막 남은 아파트를 팔아 갈 곳도 없었다. 이 노인에게는 희망도 없었다. 희망을 걸 수 있는 곳이 아무것도 없었다. 그래도 이 노인은 남들 앞에서는 이런 내색을 하지 않았다. 그러나 서우에게는 자신의 모든 고민을 털어놓고 이야기했다. 서우는 이 노인과 자주 서울 고궁이나 서울 근교 산을 등산했다. 서울 주변은 좋은 산들이 많았다. 도봉산, 북한산, 관악산, 수락산, 불곡산, 그리고 고궁들. 서우는 이 노인을 따라 많은 산을 찾아다녔다. 정말 우리나라 산처럼 아기자기한 산을 가진 나라도 많지 않을 것이다. 그래서 화려한 금수강산이라 옛 어른들은 말했던가? 이렇게 많은 산들을 자연보호라는 테두리에 묶여 개발이 되지 않고 있다. 물론 자연을 있는 그대로 잘 보존해야한다. 잘 보존하는 속에서 이를 잘 활용하여 우리 다음 세대도 먹고 살아야 한다. 외국에 나가보면 얼마 되지 않는 산을 잘 이용해 관광자원으로 활용해 외화를 벌어들이고 있는 나라를 많이 본다. 우리나라도 생각해봐야 할 때가 되었다고 서우는 생각하곤 한다.

노인들이 노후에 걸을 수 있으면 돈이 제일 들지 않는 곳이 산이었다. 그나마 노인들에게 무상으로 지급되고 있는 전철 회수권이 노인들에게는 큰 보탬이 되었고 이것 때문에 어디든 갈 수 있다는데 노인들은 천만다행인지 모른다.

어느 날 서우는 종로2가 쪽을 가다 너무도 놀랐던 기억이 있다. 어디에서 저 많은 노인들이 이곳에 집결되는 것일까? 탑골 공원에 12시가 되면 수많은 노인들이 모여들었다. 한 끼 끼니를 해결하기 위해 모여드는 노인들, 정말 이렇게 많은 노인들이 있는지 몰랐다. 이것이 현실이었다. 종교단체에서 점심을 제공하는 것을 먹기 위해서란다.

우리나라는 정말 잘 살게 되었다고는 하지만 이렇게 한 끼 끼니를 위해 모여드는 노인들이 많은 것이다. 노인 문제가 현실로 다가오고 있다. 앞으로 국가는 고령화 문제를 연구하고 대책을 세우지 않으면 안 된다.

이 노인은 해박한 지식도 많았고 아는 것도 많았다. 노인들 문제는 심각하다. 옛날처럼 자식이 봉양하던 시대는 우리 세대로 끝이 났다고 서우는 생각했다. 이 노인은 말했다. 지금 어려운 대다수의 노인들은 몇 푼 안 되지만 아침 일찍 종교 단체에서 무상으로 주는 500원을 받기위해 멀리서 지하철을 타고 어디든 마다하지 않고 달려간단다. 교회에서 300명까지만 주는 돈을 받기위해 2시간을 걸려서 오는 노인도 많고 그 후원 단체를 일과표를 만들어 이리저리 뛰어다니는 노인들도 많다고 한다.

퇴직 후 그래도 하루 용돈 만원을 쓸 수 있는 노인은 행복하다고 한다. 서우 동료 퇴직 교사가 들려준 이야기다. 하루를 소일하기 위해 집을 나와 천안 가는 지하철을 타고 온양 역에서 내려 점심에 국밥 한 그릇과 소주 한잔하고 다시 서울로 오면 하루를 보낼 수 있는 노인은 행복한 노인에 속한단다.

할 일 없어 시간을 때우기 위해 사는 노인들, 아무리 머리가 뛰어나도 퇴직 후 돈을 벌 수 있는 자리는 흔치 않다. 대다수 회사나 직장에서 정년을 맞이한 이들은 자녀 둘 공부 시키고 결혼 시키고 나면 본인이 살기 위한 방안은 아무것도 없는 것이 현실이다.

정말 노인들의 문제는 심각하다. 이 노인은 한 번 이야기하기 시작하면 끝날 줄을 모른다.

어느 날 서우가 소원이 무엇이냐고 물은 적이 있다. 이 노인은 말했다.

"내가 만약 돈과 건강이 따라준다면 에베레스트 산을 등반하는 거다." 라고 말했다. 서우는 이 노인과 현직 교사시절 방학을 이용해 배낭 하나 둘러메고 후지 산을 등반한 적이 있다.

　서우는 일본 후지 산을 오르면서 많은 것을 느꼈다. 우리나라의 아기자기한 산에 비하면 별로 그렇게 뛰어나지도 아름답지도 않은 산을 일본인들은 후지산을 최고의 명산으로 자랑하고 있다.

　일본인들은 작은 이야기꺼리도 크게 과장하여 관광거리를 만들어 관광객을 끌어모으고 있다. 일본인들은 태어나면서부터 부모로부터 남에게 피해를 주는 일은 하지 말라고 교육을 받으며 자란다는 일본인들, 그래서인지 일본인들은 남에게 해를 끼치는 일을 잘 하지 않는 것 같다.

　누구나 일본을 다녀온 사람들은 느끼겠지만 우선 일본 공항에 내리면 깨끗하다는 것을 느낄 것이다.

　이 노인과 서우는 일본 호텔비가 너무 비싸 열차 대합실에서 본의 아니게 노숙한 일이 있었다. 일본은 밤 2시가 되면 열차 대합실을 청소한다. 이용자가 없을 때 청소를 한다. 손님에게 피해를 주지 않기 위해 밤 시간을 이용해 청소를 한단다. 각 가정은 4시 반 정도면 일어나 지저분한 차 세차와 자신의 집을 청소한다. 남에게 깨끗함을 보여야 한다는 것이 몸에 배여 있는 듯하다. 조금이라도 남에게 피해주는 행동을 해서는 안 된다고 어려서부터 교육을 철저히 받으며 자라난다고 한다.

　이 노인은 서우에게 이런 이야기도 들려주었다.

　일본 초등학생들이 우리나라 경주에 수학여행을 왔단다. 불국사 앞에서 한국 초등학생들이 수학여행을 와 같이 어울렸는데 점심시간

무렵 한국 초등학생들이 어머니가 싸준 김밥을 먹다 상대방에게 던지며 경내를 어지럽히고 있었단다.

　일본 초등학생이 선생님에게 물었단다.

　"선생님, 저 아이들은 왜 먹는 음식을 던지며 장난을 치나요?"

　선생님은 조용히 말하더란다.

　"저 아이들은 옛날 우리 머슴들이었단다. 조금 살만하니까 그런 거란다. 얼마 못 가 다시 머슴들이 될 거란다."

　이 노인은 이 소리에 너무 충격을 받았단다. 일본 말을 알아듣지 못하려니 하고 일본 선생님이 학생에게 전해주는 말에 큰 충격을 받았단다.

　한국 학생들이 간 자리는 김밥들로 널려 있었는데 일본 학생들이 비닐 주머니에 주워 담고 있어 가까이 가서 물었단다.

　"얘들아, 김밥은 너희들이 흘리지 않았는데 왜 너희들이 줍고 있니?"

　하고 물었더니 일본 학생은 이렇게 답하더란다.

　"우리가 있다 간 자리가 깨끗해야 다음에 오는 이들이 기분 좋지 않겠어요?"

　이 소리를 들으며 우리의 교육을 다시 한 번 생각하게 되었단다. 정말 우리나라 교육은 어디서부터 잘못된 것일까? 어려서부터 남에게 무슨 일이 있어도 뒤떨어져서는 안 되고 자신이 잘 살기 위해서는 남을 밟고 일어서야만 된다는 사고방식을 가지고 있는 많은 우리네 부모님들의 생각을 고치고 서로 협력하며 살아야한다는 진정한 교육이 다시 시작되어야 한다고 서우는 생각해 본다.

서우와 이 노인은 젊은 시절 후지산 정상에까지 올랐었다. 후지 산의 높이는 3776M로 정상 위의 분화구는 한 100M는 될 것 같았다. 석탄재 같이 검은 분화구 위에서 나오는 재는 광산에 온 느낌이 들었다. 일본 사람들은 이 산을 그렇게 자랑한다.

자기 나라 것에 자부심을 가지고 작은 것도 크게 포장하여 관광객을 끌어모으는 일본인들에게 우리도 배워야 한다고 생각한 적이 있다.

이 노인이 지금이라도 불쑥 나타나 이야기를 할 것 같은 느낌까지 들었다.

서우는 마리아가 잠들어 있는 김포 추모공원을 틈만 나면 찾았다. 세월도 많이 흘러갔다. 서우는 마리아가 잠들어 있는 곳에서 한참을 그의 사진을 바라보았다. 항상 올 적마다 웃고 있는 사진 속의 얼굴. 그리움이 몰려왔다. 그리움은 사랑인지 모른다. 사랑은 그리움으로부터 시작된다. 그리고 기다림은 사랑이라고 생각한다.

갑자기 미치도록 마리아의 모습이 보고 싶은 생각이 마음속 깊은 곳에서 치밀어 올라오고 있었다. 내가 마리아보다 더 나은 여자를 만날 수 있을까. 다시는 마리아 같은 여자가 서우 앞에 나타난다는 것은 힘들 것이라고 생각하며 버스 정거장으로 향했다. 항상 돌아가는 길은 쓸쓸함과 고독감으로 서우의 마음을 흔들어 놓고 미칠 것 같은 충동으로 마음의 갈피를 못 잡게 한다. 먼저 하늘나라에 간 마리아. 짧기만 한 그의 인생. 차라리 처음부터 만나지나 말았다라면 좋으련만, 야속하다. 그러나 신이 만들어 논 운명의 장난을 어떻게 인간의 힘으로 할 수 있단 말인가?

서우는 복받쳐 오는 울음을 삼키며 걷고 있다. 항상 돌아갈 때는 마음속에서 복받쳐 오는 오열로 마음속에서 통곡한다. 내 마음의 모든 것을 흔들어 놓고 간 당신, 지금 하늘나라에서 잘 지내고 있겠죠? 들길을 걸어가노라니 길가의 들국화들과 이름 모를 꽃들이 서우의 발길을 멈추게 한다. 너희들은 참 좋겠다. 옹기종기 모여 한데 어울려 사는 들꽃들의 무리들이 서우의 태어남 보다 낫다고 생각해본다. 힘없는 발길로 터덜거리며 걸어간다. 혼자 걷는 길은 너무 지루하고 외롭다. 고독감이 온몸을 휘감고 지나간다. 걷다보니 어느새 버스 정거장까지 와 버렸다. 이제는 그녀와 헤어져야 한다. 멀리 그가 잠들어 있는 곳에 눈길이 머문다. 앞으로 이 길을 얼마나 더 올는지 모른다. 서우도 나이가 들어 언젠가는 그의 곁으로 갈 것이다.

잠시 후 버스가 서우 앞에 다가와 섰다. 버스에 바삐 올라탔다. 시골 버스 안은 한적하였다. 빈자리가 많았다. 맨 뒷좌석에 가서 차창에 기대어 앉았다. 온 몸의 긴장이 풀리며 노곤해지며 졸음이 몰려왔다.

서우는 꿈속에서 마리아를 만났다. 환한 미소로 다가오는 마리아를 두 손으로 잡으며 힘차게 으스러지도록 끌어안았다. 어디에서 오느냐고 물었다. 어디서 오긴 너를 만나러 왔다가 이렇게 만났지, 마리아는 미소 지으며 손을 흔들며 사라진다. 신기루 같았다. 사막 한 가운데에서 목마름에 지친 사람들에게 모든 것이 물이 있는 오아시스로 보이는 것처럼 잠깐 눈앞에 지나가는 신기루 같은 것이었다.

꿈이었다. 서우는 가끔 마리아의 꿈을 꾸곤 한다. 평생을 한 여자만을 생각하며 이 나이까지 살아왔다. 서우를 아는 사람들은 이제 떠나간 사람을 놓아 주라고 한다. 그리고 새 삶을 살아보라고 한다. 그리고 새로운 친구를 사귀어 보라고 중매도 한다. 그러나 서우는 그럴 수 없었다.

이 여자를 두고 다른 여자를 만난다는 것은 꿈에도 생각할 수 없는 일이었다. 그에 대한 죄악인 것이고 배신이라고 생각한다. 어느새 버스는 부평 시내로 들어서 부평 쌍용차 공장 정문 쪽으로 버스가 들어서고 있다. 요란한 함성이 들려왔다. 쌍용자동차 노조원들이 머리에 붉은 띠를 두르고 데모를 하고 있었다. 장기적인 투쟁이 계속되었다.

서우는 문득 제자 권혁이 생각이 떠올랐다. 정말 똑똑한 아이였다.

서우가 중학교에서 사회를 가르치던 시절이었다.

권혁은 아주 과묵하고 말이 없고 똑똑한 학생이었다. 항상 얼굴에 그늘이 스쳐 지나갔지만 학생들 사이에서도 리더였고 공부도 잘하는 수제자였다.

그의 가정은 어려웠다. 아버지는 동네 한 모퉁이에서 자전거를 수리하는 수리공이었고 어머니는 신포동 시장 한 가게 모퉁이에서 콩나물 장사를 해서 생활하셨다. 권혁은 그의 가정이 어려운데도 한 번도 힘든 내색을 하는 것을 본 일이 없다. 말없이 어떤 때는 멍하니 창가에서 보이는 먼 인천 앞바다에 시선을 두고 골똘히 무엇인가를 생각했지만 무슨 생각을 하는지 한번도 물어 본 일은 없다. 학원 한번 다니지 않았지만 항상 전교에서 수석을 놓치지 않았다. 서우는 가끔 그에게 도움이 될 만한 참고서와 문제집들을 얻어다 주곤 했다. 그렇게 권혁은 졸업을 했고 인천의 명문 고등학교에 배정을 받았고 그 후로 권혁이 한 번도 서우에게 전화를 주거나 방문한 적도 없다. 권혁의 동창들을 통해 그가 서울의 명문대학 S대학 법대에 합격했다는 소식만 들었다. 서우의 마음속에서는 정말 잊혀 지지 않는 학생이었다.

여름방학이 얼마 남지 않은 어느 날 권혁이 서우를 찾아왔다. 정말 뜻밖이었다. 권혁이 서우를 찾아오리라고는 전혀 생각하지 못했다.

서우는 반가움에 악수를 나누고 커피 한잔을 뽑아다주며 반가움을 표시했다. 그의 얼굴은 오랜만에 선생님을 만나면서도 반가움의 얼굴은 아니었다. 우직한 그의 얼굴은 굳은 표정이 역력했다.

권혁은 서우의 근황도 묻지 않고 다짜고짜 이렇게 서우에게 물어왔다.

"선생님은 지금도 유신헌법이 올바르다고 생각하십니까?"

뜻밖의 질문이었다.

"나이 어린 학생들에게 적어도 선생님은 올바르게 가르쳐야 된다고 생각합니다."

"지금 와서 생각하면 선생님은 양심적인 선생님이 아니었습니다."

권혁은 이 한마디를 남기고 인사도 없이 나가버리고 말았다. 그에게 주려고 가져온 커피잔만이 그가 왔다간 표시를 하고 있었다. 정말 마음이 아팠다. 법이란 시대와 상황에 따라 변할 수도 있다. 반드시 유신헌법이 올바르다고 생각하지는 않는다.

서우는 오랜만에 만난 제자로부터 호되게 추궁을 당하며 그 이후 교사에 대한 비애를 느끼며 교사란 직업에 대해 다시 생각해보는 계기가 되었다. 교사뿐만 아니라 각종 민원인들 앞에 서야하는 법관, 판사, 검사, 경찰, 어떤 직업에 종사 하는 사람이든 양심에 따라 모든 걸 해결해야 한다. 그러나 현실적으로 그런 것들이 현실은 본인의 양심과 동떨어진 상태에서 이루어지는 경우가 있다.

  그날 집에 돌아와 얼마나 마음이 아프고 교사에 대한 비애를 느끼며 울었는지 모른다. 산다는 것은 이런 것인가? 환경과 시대에 따라 학생들에게 배움을 줄 수밖에 없는 현실, 이런 것이 선생님이 해야 할 임무인가? 진정 어떤 곳에도 치우치지 않는 곳에서 학생들을 지도할 수 있는 그런 사회가 되었으면 하고 생각해본다. 결코 어떤 불의에도 굴복하지 않는 용기가 있는 교사가 되고 싶다. 또 이렇게 시간은 흘러갈 것이다.

유신헌법은 1972년 10월 17일에 선포된, 유신체제하에서 동년 11월 21일 국민 투표로 확정된 헌법이다.

대한민국 제4공화국 헌법으로 헌법사상 7차로 개정되었다. 박정희 대통령은 1972년 10월17일 '우리 민족의 지상 과제인 조국의 평화적 통일을 뒷받침하기 위하여 우리의 정치 체제를 개혁한다고 선언하였다.' 그리고 초법적인 국가 긴급권을 발동하여 국회를 해산하고 정치활동을 금지하는 동시에 전국적인 비상계엄령을 선포한 뒤, 10일 이내에 헌법 개정을 작성하여 국민 투표로서 확정하도록 지시하였다.

개정 당시 유신헌법의 기본적 성격은 '조국의 평화적 통일지향, 민주주의 토착화, 실질적인 경제적 평등을 이룩하기 위한 자유경제 질서의 확립, 자유와 평화 수호의 재확인'이라 하였다. 그러나 사실상 유신헌법은 박대통령의 장기 집권을 위한 개헌이었고 국민의 기본권 침해, 권력 구조상에 있이 대통령의 권한 대로 독재를 가능하게 한 헌법이었다. 유신헌법은 전문과 12장 126조 및 11조의 부칙으로

되어있다.{출처 두산백과 인용}

　그 당시 유신헌법은 사회를 가르치는 선생님들에게는 마음에 부담을 안겨 주었다.

　무조건 좋은 헌법이라는 것을 학생들에게 가르쳐야만 했던 시절이다. 국가의 시책에 따라 이 헌법을 가르쳤다. 학생들이 무엇이 좋은 헌법이냐고 질문할 때도 강압적으로 좋다는 것에 치중했던 적이 있었다. 자라나는 학생들에게 더 세밀히 설명할 수 없는 상황이었다. 장, 단점을 들어 세밀하게 옳고 그름을 피력하지 못한 죄가 서우에게는 있는 것이다.

　권혁은 그렇게 나와 헤어진 후 아무런 소식도 없었다. 어떤 길을 걷고 있는지 그 후로 알지 못했다. 그의 친구들에게 소식을 물어 보았지만 알 수가 없었다. 이 상황에서 그를 만나면 무엇이라 말해야할까 생각해본다. 그도 나이 먹으면서 시대와 상황에 따라 자신의 힘으론 안 되는 사실도 알게 되겠지.

　서우는 쌍용자동차 노조원들의 데모를 목격하며 혹시 권혁도 저 속에 있지나 않은지 생각해보았다.

　교통이 마비되어 버스는 멀리 돌아가고 있었다.

　언제나 우리나라는 모든 이들이 화합된 속에서 자기 길을 가는 건전한 사회가 될 수 있을까?

　그리고 정정당당하게 자신이 노력한 만큼의 대가를 받으며 자신이 하려고 하는 모든 일을 마음 놓고 연구하고 화합하는 반목이 없는 그런 사회가 되기를 마음속에 그려본다.

　서우는 마음이 아파왔다. 지금 생각하면 남을 가르친다는 직업이 얼마나 어려운 직업인가를 새삼 느끼게 한다.

물론 정부입장이나 자신의 권리를 찾기 위해 데모를 하지 않으면 안 되는 양자에게 다 일리가 있다. 그러나 서로의 입장만 내 세울 것이 아니라 양보하며 타협하는 선에서 모든 것을 해결하면 어떨까? 그런 성숙한 국민들이 될 날은 언제쯤이나 될까?

나라는 나라의 처한 위치와 왜 안 되는지를 근로자들에게 차분히 인식시키며 해결하는 마음들이 아쉽다. 그러나 정부는 정부대로 노동자는 노동자로 극한투쟁을 하지 않으면 안 되는 사회에서 목숨을 걸고 투쟁하는 모습을 보며 마음이 아려 온다. 이런 극한투쟁만이 문제를 해결하는 방법일까? 서로 자신의 주장만이 옳은 것이고 상대방의 것은 무조건 틀리다고 반대하는 조금도 양보하지 못하는 그런 것을 목격하며 서로의 의견을 듣고 양보하는 사회가 되는 성숙된 사회를 생각해본다. 서우는 권혁을 생각하며 문득 보고파진다. 그 아이는 지금 어떻게 변화되어 있을까? 지금쯤 이 못난 선생님을 이해해 줄까?

서우가 걸어오면서 겪은 길은 정말 많은 격동의 세월 속에서 잊을 수 없는 많은 사건들이 세월과 함께 흘러갔다.

우리나라가 오늘처럼 발전하고 잘 살게 되었지만 잘 살 수 있게 된 만큼 말할 수 없는 사건도 셀 수 없을 만큼 많았다.

이렇게 세월은 돌고 돌아 서우는 36년간의 교직 생활을 하면서 남들처럼 정년이 다가오고 있었다. 지나간 세월이 주마등처럼 흘러갔다. 서우는 어머니 생각을 했다. 격동기 세월 속에서 어머니는 5남매를 키우기 위해 많은 고생을 했지만 생활은 그렇게 나아지지 않았다. 물론 그 속에는 아버지의 남들처럼 정도를 벗어나서는 살 수 없다는 강직함과 오직 한길만 걸어온 아버지의 생각도 한몫했다. 그러나 아버지는 남들처럼 술이나 담배에 빠져들지도 않았고 오직 신앙생활에만 모든 것을 다 바치고 매달렸다. 그것이 아버지가 살아온 전부였다.

오히려 빈부의 격차는 더욱 벌어지고 있고 역시 가난한 사람들은 자신의 굴레에서 벗어나기 힘들었다. 언젠가 서우는 연탄가게를 하시는 아저씨를 만났다. 수십 년이 지났지만 그 틀에서 벗어나지 못했다. 그래도 그 연탄가게를 하며 자식들을 다 교육시킨걸 보면 잘 살게 된 나라인 것만은 확실하다. 그러나 심지어는 개천에서 용 난다는 말은 사라진지 오래고 나면서부터 서열이 정해진다는 말도 들었다. 금수저 집안이냐 은수저 집안이냐에 따라 나면서부터 인생의 삶이 결정되는 사회가 되었다고도 한다. 젊은이들의 꿈이 사라지고 어디에 희망을 걸어야 하는지 암담하고 앞이 보이지 않고 희망이 사라지고 있다고 많은 젊은이들은 말하고 있다. 평생직장을 다녀도 서울에 보금자리 주택 하나 마련한다는 것은 꿈이 되어 버렸다고 한다.

서우가 군에 갈 때까지 어머니는 송림동 골목에서 떠나지 못했다. 아니 떠날 수 없었을 것이다. 몇 년 전의 그 생활에서 벗어나지 못하고 다람쥐 쳇바퀴 돌 듯 제 자리에서 맴돌고 있었다. 어쩌다 부모님은 인천의 그 낙후되어 있었던 그 곳에 터전을 잡았는지 모른다. 생활의 어려움 때문이었으리라 생각한다. 그래도 한 평생 그 한자리에서 벗어나지 못했는지 이해가 되지 않을 때가 있다.

지금도 서우는 송림동에 위치되어 있는 시장 골목을 피해 다닌다. 어머니 생각이 되살아나기 때문이다.

저녁이면 빨간 립스틱을 짙게 바른 나이 어린 여자들이 눈웃음치며 지나가는 행인들을 끌어들이고 막걸리를 먹으며 젓가락 장단이 밤새도록 울려대던 이 시장골목, 서우가 군에 가던 날, 서우는 아버지께 울면서 말했다. 동생들만은 이곳에서 벗어나게 해 달라고 간곡히 부탁드렸다.

어머니와 서우는 항상 의견이 맞지 않아 다투는 일이 많았다. 아마도 사춘기 시절 어머니를 조금도 이해하지 못하고 불만스런 것만 생각한데서 다투었는지 모른다. 아버지는 계모도 아닌데 넌 왜 어머니와 마주 앉기만 하면 대립이냐고 야단치시는 적도 한두 번이 아니었다. 왜 그렇게 어머니와 의견이 맞지 않아 싸웠는지 지금 생각하면 별일도 아닌데 어머니께 죄송하다는 생각으로 마음이 미워온다. 무엇하나 제대로 해드리지도 못한 불효자였다.

서우는 하루빨리 이곳을 벗어나야 된다고 다짐하곤 했다. 그때는 산다는 의미를 실감하지 못했다. 극단적인 행동도 여러 번 생각하며 자라왔다.

어머니와 서우는 금전 문제로 다투는 적도 많았다. 어려웠던 세월 고생만 하시던 어머니를 이해하지 못한 것을 어머니가 돌아가시는 날 후회하고 후회했다. 네가 부모가 되어봐야 부모마음을 이해할 수 있다던 어른들의 말이 귓가를 때린다.

지금 생각하면 조금만 이해해 드렸으면 좋았으련만 그 당시는 왜 불만이 먼저 앞서 판단을 제대로 못했는지 모른다. 성격 자체도 우직하고 사근사근하지 못하고 고집이 센 탓이 더 큰 영향을 주는데 한몫했던 것 같다.

서우는 사회생활을 하면서 줄곧 부모님과는 떨어져 사는 기간이 많았다. 아마 독립하면서 거의 떨어져 살았던 것 같다.

그런 어머니가 서우가 퇴직을 얼마 남겨 놓지 않은 날부터 음식도 잘 드시지 못하면서 알 수 없는 구토에 시달렸고 병색이 짙어가며 야위어 갔다. 서우와 떨어져 지냈으므로 얼마나 오래도록 병이 진행된 지 모른다. 서우가 어머니를 만나면 가끔 갈비탕 한 그릇 사드리면 자식에게 미안해하며 음식을 드시곤 했는데 어느 날부터 식사를 잘

하지 못하셨다. 병원에 모시고 갔더니 간암 말기라고 했다. 어머니는 그동안 왜 혼자 이렇게 병까지 감내하며 살았을까. 너무 안쓰럽고 서우 마음을 아프게 했다.

서우는 어머니를 큰 병원으로 입원시켰다. 어머니와 떨어져 살아온 서우에게는 일찍이 어머니의 병세를 알 수 없었다. 지금처럼 의료보험제도도 활성화되어 있지 못한 세월이었다. 아버지도 지금 생각하면 자식에게 알리고 병원에 모시고 가보자고 하셨을 텐데 어머니께서 자식에게 부담을 주고 싶지 않았는지 모른다. 어머니는 깔끔한 성격이 눈을 감으시는 날까지 그대로 안고 가셨던 건 아닐까?

어머니는 큰 병원에 입원한지 이틀 만에 눈을 감으셨다. 어머니의 깔끔한 성격대로 자식들에게 피해를 주지 않으시려고 했었던 것일까. 조용히 눈을 감으셨다. 서우가 임종을 지키는 속에서 입술은 떨면서 무엇인가 열심히 말하려고 했지만 서우는 알아들을 수 없었다. 아들에게 미안하다는 이야기일 것이다. 왜 어머니는 장남인 서우에게 그렇게 미안해 한 것일까? 서우는 정말 퇴직 나이가 되어서야 어머니 마음을 알 수 있었다. 서우는 마음에서부터 올라오는 격한 감정에 울먹였다. 어머니에 대한 미안함이 한꺼번에 밀려왔다. 아주 추운 겨울이었다. 그때는 영안실이 지금처럼 잘 되어 있지도 못했다.

서우는 처음으로 엄마 앞에서 잘못을 용서 빌면서 통곡하였다. 자식들은 부모가 돌아가야만 후회하고 통곡한다는 말이 틀린 말이 아니었다. 지금 와서 통곡한들 무슨 소용이 있으랴.

어머니가 돌아가시고 혼자 남으신 아버지는 서우가 모시지 않으면 안 되었다. 아버지는 북에 있을 때 내무서원이었던 친구에게 끌려가 큰 고초를 당하시면서 류마티스 관절염에 평생을 시달렸다. 연세가 들면서 더욱 심하여 어느 날부터 일어나지조차 못하고 화장실도 기어 다니셨다. 옛날 당당하던 모습은 찾아볼 수 없었다. 이빨 빠진 호랑이나 진 배 없었다.

서우는 그 당시 요양원에 모실 수가 없었다. 왠지 모르게 아버지를 요양원에 보낸다는 것은 큰 죄를 짊어지는 것 같았다. 지금 생각하면 현대판 고려장이라고 생각되었다. 서우는 항상 출근할 때는 점심을 머리맡에 차려 드리고 서우가 학교에서 퇴근하면 목욕을 시켜드리는 생활의 반복이 시작되었다. 어머니를 보내고 오랜 기간 반복되는 생활이 잘 짜인 일과처럼 계속되었다.

퇴근해 돌아와 누워있는 아버지를 보면 너무 안쓰럽고 눈물이 났다. 저렇게 사느니 차라리 어머니를 따라가는 것이 낫다고 생각했다. 그러나 죽음은 누구도 어쩔 수 없는 것이다.

서우는 매일 기도했다. 아버지를 빨리 당신께 데려가게 해달라고 신에게 매달렸다. 그게 기도의 제목이었다. 어머니에게 불효를 했던 것처럼 아버지에게도 아버지 뜻대로 다 못해 드린 것에 항상 마음이 아려왔다.

불효자식이었다. 그러나 죽는다는 것은 내 마음대로 되는 게 아니었다. 아버지는 몸만 움직이지 못하지 정신은 말짱했다.

하루 종일 무슨 생각을 하시며 보내셨을까?

서우는 언젠가 뼈만 앙상히 남은 아버지를 목욕 시켜드리며 물었다.

"아버지, 하루 종일 무슨 생각하시며 보내셨어요?"

아버지는 엷은 미소를 지으며 동문서답을 하셨다.

"고생 많이 했다. 목욕하고 나니 개운하고 좋다."

아버지는 아주 어린아이 같았다. 나이 들면 어린애가 된다는 말이 맞는 것 같다. 그렇게 당당하시던 모습은 어디로 가고 히죽히죽 웃으시는 모습이 어린애였다.

"그렇게 좋으세요?"

서우가 아버지를 보며 말했다. 아버지는 고개만 끄덕였다.

그러던 어느 날 아버지가 서우를 불렀다. 학교를 가기위해 나가려는 참이었다.

"그 동안 고생 많았다."

"잘 다녀 오거라. 운전 조심하구."

아버지는 자신의 죽음을 알고 계셨던 것일까. 평상시와 마찬 가지로 초죽음이 되어 학교에서 돌아온 서우는 아버지 방부터 열었다. 노인의 특유한 냄새와 지린내가 진동했다.

서우가 아버지 방에 들어갔을 때 아버지는 아무 기척도 없으셨다. 점심도 그대로였다. 서우는 불길한 예감이 뇌리를 스치고 지나갔다.

"아버지!"

서우가 아버지를 흔들었다. 아버지는 맥없이 손이 늘어졌다. 아버지의 유언 한마디 듣지 못했다. 아버지는 그렇게 가셨다.

서우는 어머니와 그렇게 의가 좋으셨던 아버지를 생각했다. 어머니가 돌아가셨을 때처럼 눈물도 나지 않았다. 왜 그랬는지 지금 생각해도 알 수 없다. 차라리 빨리 어머니 곁으로 가시는 것이 낫다고 생각했는지 모른다.

서우는 화장을 하여 어머니와 같이 추모공원에 안치하였다. 부모님이 좁은 공간에서 만나셔서 무슨 이야기들을 하시고 계실까?

서우는 어느새 자신이 부모님이 돌아가시던 나이에 와있다. 얼굴에 주름이 잡히고 얼굴 전체에 노인특유의 검버섯이 듬성듬성 얼굴을 메우고 있다. 나도 부모님의 그 길을 똑같이 가고 있다. 이것이 누구나 가야하는 인생길이란 말인가? 서우는 자신의 모습에 새삼 놀랐다. 어쩜 내 모습이 아버지 모습과 조금도 다르지 않단 말인가?

서우는 매일 기도한다. 어느 날 꿈속에서 주님의 부름을 받게 해달라고, 아무도 모르게 데려가 주시기를, 가능하다면 꿈을 꾸다 주님 나라에 갈 수 있게 해달라고. 죽음은 누구도 알 수 없다. 누가 알랴? 신이 불러야만 가게 되어있는 것을. 의사들은 말한다. 잠을 자다가 죽는 것은 천운에 해당된다고. 서우도 그런 천운의 복을 달라고 신께 매달리며 기도하고 있다.

서우가 걸어가고 있는 이 길은, 70년대에는 학교에 갈 수 없는 나이 어린 젊은 여자 아이들이 전자 공장에서 단순 노동을 하며 밤에는 졸린 눈을 비비며 배우겠다고 야학에 다녔던 길이다. 그 당시 나이 어린 아이들이 시골에서 올라와 배움에 목말라하며 배우겠다는 일념으로 야학에 누가 시킨 것도 아니고 오직 배우겠다는 희망 하나만 간직하고 다니던 길이다. 정말 불쌍한 아이들이 많았다. 시골에서 중학교를 졸업하고 무작정 도시로 상경해 일하며 배우겠다는 열의 하나만 가지고 인천에 올라와 공장생활을 하며 향학열에 불탔던 나이 어린 아이들이 많았던 길이다. 그 당시 슬레이트지붕 막사로 지어진 공장들이 옹기종기 모여 있고 시골에서 올라온 나이 어린 젊은이들이 이 길을 수없이 드나들던 길이다.

향학열은 지금의 학생들에 비할 바가 아니었다. 낮에 일하고 저녁시간에 공부를 하는 그들이 제대로 공부가 되지 않았지만 배우고자 하는 열외는 남달랐다. 낮에 공장에서 일하고 저녁시간에 제대로 먹지도 못하고 반은 졸려 감긴 눈을 비비며 배우고자 했던 나이 어린 학생들의 모습이 선하게 눈앞으로 다가오고 있다.

서우는 학교를 파하고 나면 저녁에 배움에 굶주린 나이 어린 학생들을 위해 고등학교 과정을 가르치는 봉사활동을 일주일에 두 번씩 하곤 했다. 이곳에는 예전에는 허름하게 지어진 전자 조립 공장들이 판잣집 동네처럼 밀집되어 있어 시골에서 올라온 십 대 처녀 아이들이 어렵게 일하던 공장 터였다.

지금은 고층 건물들이 많이 들어서서 옛날 모습을 찾아보기 어려웠다. 세월이 많은 변화를 가져다주었다. 지금은 고층 아파트촌이 되어 버렸고 양 큰길가에는 서구식 상가들이 수없이 늘어서 있다. 이곳이 옛날 공장 터인가 하고 놀라는 적이 많다.

노을이를 만난 건 그곳에서였다.

"선생님!"

누군가 부르는 소리에 서우는 뒤를 돌아봤다.

"맞네요? 서우 선생님!"

"저 기억 안 나세요?"

"저 노을이에요."

"아, 노을이!"

서우는 그 자리에 섰다. 한참만에야 그의 얼굴이 떠올랐다.

"이게 누구야, 노을이 아냐?"

"선생님 반갑네요!"

노을이는 반가움에 어쩔 줄 몰라 서우에게 달려들어 붙잡고 깡충깡충 뛰었다.

서우는 노을이의 모습을 보았다. 옛날 학생시절 어려웠던 시절은

다 어디로 가고 아름다운 숙녀가 되어 서우 앞에 서 있었다.

불현듯 옛날 기억이 주마등처럼 스쳐 지나갔다.

서우가 젊은 시절 교편을 잡았던 시절 야학에서 그들을 가르칠 때 노을이로부터 전화 한 통을 받았다.

"저 노을인데요? 선생님을 꼭 한번 뵙고 싶습니다."

노을이는 서우 이야기는 듣지도 않은 채, "내일 아침 새벽 5시에 저희 기숙사 앞에서 뵙겠습니다." 그리고는 자신의 용건만 말하고는 전화를 끊었다.

그 당시는 통행금지가 있던 시절이었다.

서우는 어떻게 할까? 망설여졌다. 그리고 사실 아침 일찍 그곳까지 간다는 것은 귀찮은 일이기도 했다. 출근시간과 맞물려 시간 내기가 어려운 시간대였다. 그러나 나이 어린 학생에게 실망을 줄 수 없어 아침도 설친 채 시간을 맞추어 그 기숙사까지 갔다. 정말 서우에게는 귀찮은 일이었다. 그러나 고생하며 배움 하나만을 안고 인천에 올라온 어려운 환경에 있는 그에게 실망을 줄 수는 없었다. 택시를 타고 노을이 묵고 있는 기숙사 앞으로 달렸다. 통행금지가 막 해제된 아침은 서서히 짙은 어둠이 사라지고 동이 터오고 있었다. 노을이가 합숙하고 있는 기숙사 앞에서 내렸다. 당시 기숙사는 시골에서 나이 어린 아이들을 모집하여 한방에 여러 명씩 거주시키며 일을 시켰던 그런 기숙사였다.

노을이가 기숙사 앞에 서 있었다. 제대로 먹지도 못한 얼굴에 각 쥘끼지 끼어있는 얼굴, 뼈만 앙상히 남은 고생히고 있는 흔적이 역력했다.

노을이는 사랑이 무엇인지를 모르고 자란 아이였다. 어느 날 상담할 때 그에게 눈물을 흘리며 가정 형편 이야기를 들려준 적이 있다. 그의 가정사 이야기에 의하면 아버지는 술 주정뱅이였다. 아침부터 술에 취해 하는 일 없이 술주정이나 부리며 동네에 다니며 말썽이나 부려 사람 취급도 하지 않았단다. 어머니가 텃밭에서 농사지은 채소를 시장에 내다 팔아 근근이 살아왔다. 그래도 어머니의 교육열이 강하여 노을이를 중학교에까지 보내 주었단다. 중학교를 간신히 마치고 인천으로 올라와 전자 조립 부품회사에서 단순 노동을 했다. 그 당시는 회사에서 인력을 구하기 위해 시골을 다니면서 나이 어린 일꾼을 데려와 기숙사에 여러 명을 합숙시키며 일을 시키는 조립 공장들이 많았다.

노을이도 그 중 한 아이였다.

노을이는 서우를 몹시 따랐다. 사랑이 무엇인지 받아보지 못한 아이였다. 조금만 보살펴 주어도 감동하는 그런 여자아이였다. 마음이 여리고 한없이 순박한 그런 아이였다. 서우는 틈이 날 때마다 그를 데리고 나가 자장면을 시켜주었다. 얼마나 잘 먹는지 체할 것 같았다. 그 아이는 자장면 한 그릇에 감사하며 선생님께 고마워했다. 서우는 노을이를 위해 눈물로 많은 기도를 하며 울기도 했었다. 그 당시로서는 서우로서는 기도해주는 일밖에 그에게 도움을 줄 수 있는 것이 없었다.

"선생님 오늘이 무슨 날인지 아세요? 오늘이 스승의 날이에요. 제가 제일 먼저 선생님께 카네이션 꽃을 달아드리고 싶어서 만나 뵙자고 했습니다."

노을이는 서우에게 조심스럽게 꽃을 내밀어 정성껏 달아주었다.
"선생님 아침 못 드셨죠? 저와 같이 식사하시고 가세요?"
노을이는 자신의 기숙사 방으로 잡아끌며 서우를 안내했다.

조그마한 기숙사 방은 다섯 명의 아이들이 거주하고 있었다. 다섯 명이 거주하기엔 턱없이 비좁았다. 벽 한 모퉁이에 긴 줄이 매달려 있고 고등학교 교복이 반듯하게 걸려 있었다. 난방도 되지 않았다. 추위에 떨며 살아가는 그 아이들을 보며 마음이 아팠다. 짐이라야 다 제각기 낡은 가방 하나씩이 전부였다.

얼마 후 서우 앞에 밥상이 차려졌다. 평생 난 이런 밥상을 받아보지 못하리라. 이 아이들이 이렇게 생활하고 있다는 것에 하루 종일 일이 손에 잡히지 않고 얼마나 울었는지 모른다. 이 아이들은 이렇게 지내면서도 한 달 급여에서 꼭 일부를 시골집으로 보내는 아이들이 대다수였다. 이것이 그 당시 현실이었다.

완전 꽁보리밥에 반찬이라고는 고추장 한 가지였다. 식성이 좋지 않았던 서우는 난처했다.

그래도 아이들을 실망시킬 수는 없었다. 서우는 꽁보리밥을 싫어한다. 옛날 어린 시절 못 살던 시절, 어머니가 아침이면 아버지 밥에만 흰쌀이 보일 만큼 섞인 밥을, 나와 동생들에게는 쌀을 찾아보기 힘든 꽁보리밥에 밀가루로 범벅이 된 밥을 주시던 기억이 생각났다. 그 당시로서는 정말 먹기 힘들었던 귀했던 날계란을 어머니는 아버지 밥그릇 앞에만 한 개를 놓아드렸다. 지금 생각하면 그것이 왜 그리 먹고 싶었는지 모르겠다. 우리들에게는 흰쌀이 보이지도 않던 보리밥이 생각나 지금도 싫어한다. 그리고 보리쌀이 씹히지 않고 입안에서 굴러다녔다. 왜 보리쌀은 서우 입에서는 씹히지 않고 굴러 다녔는지 지금도 알 수 없다.

그러나 노을이가 차려준 꽁보리밥을 한 그릇 다 먹었다. 그것이 그에 대한 도리일 것 같았다. 학교에서 하루 종일 배를 움켜쥐고 화장실을 들락거렸고 집에 돌아온 후 연사흘을 앓았던 기억이 머리를 스치고 지나갔다.

이렇게 노을이가 아름다운 미인이 되어 내 앞에 서 있다니, 현실로 느껴지지 않았다.

"선생님, 어디 좀 들어가서 이야기 좀 하시죠."

노을이는 서우를 잡아끌며 다방으로 안내했다.

노을이는 졸업 후 서울 동대문에서 작은 옷가게를 시작해서 지금은 소규모 옷가게 사장님이라며 내게 명함을 내 밀었다. 노을이와 서우는 지난 이야기들을 끊임없이 이어가며 이야기하고 있었다.

"노을이는 결혼했니?"

"아직요. 이렇게 바빠 살다 결혼도 못했네요."

"부모님들이 걱정하시겠다. 어서 결혼하라고."

"그러시죠. 결혼은 하라는데 마땅한 신랑감이 나타나지 않네요."

"참 선생님은 자제분들을 몇 명이나 두셨어요?"

노을이가 물었다.

서우는 미소를 지었다.

"차차 이야기 할게."

서우는 친구들의 근황도 물으며 많은 이야기를 했다.

노을이는 졸업 후 자신이 성공하기까지의 이야기를 쉬지 않고 이야기했다. 정말 안 해 본 것 없이 닥치는 대로 돈을 버는 일이라면 뛰어 들어 일만 하다 보니 이렇게 나이가 들었더란다.

서우와 만난 이후 노을이는 틈만 나면 서우의 집을 드나들었다.

언뜻 모르는 사람이 보면 큰 딸이 아닐까 착각이 들 정도로 허물이 없어졌다.

서우가 집에 있는 날 노을이가 찾아왔다. 노을이는 자신의 집처럼 능숙하게 차를 준비하며 오늘 선생님께 드릴 말씀이 있노라고 했다.

노을이는 다른 때와는 달리 머뭇거리며 서우에게 말을 건넸다.

"선생님, 제가 학교 다닐 때부터 선생님을 좋아했던 것 아세요?"

"선생님이 말씀 안 하셔서 무슨 사연인지는 모르지만 저는 선생님과 지금이라도 결혼하고 싶습니다."

노을이는 큰 결심을 하고 망설이다 이야기를 하는 것 같았다.

서우는 머리가 멍해왔다. 서우는 잘 못 들었나 하고 노을이를 쳐다보았다. 이런 때 무슨 말을 해야 할는지 어떻게 이것을 수습해야 할는지 암담했다. 서우는 마음을 가다듬고 말했다.

"노을아, 네가 선생님을 좋아한다는 것은 남녀 간의 문제가 아니라 학생과 제자의 관계로 받아들일 게."

"노을이는 아직도 창창하게 인생을 살아야 할 나이가 아니니? 우린 스승과 제자 사이야."

"네가 이런 이야기를 할 수 있다는 것은 정말 많은 세월이 흐른 거네. 너무 많은 세월이 흘러온 거야. 선생님에게는 결혼이란 사치야. 내가 이 나이가 되도록 결혼하지 않고 있는 이유는 말 못한 사연도 있고 결혼은 내게는 너무 늦은 나이고 생각해 본 일도 없단다."

"선생님 나이 차이라면 걱정 마세요. 나이란 숫자에 불과한 것이라고 생각합니다."

노을이는 집요하게 매달렸다. 서우는 먼저 간 마리아를 생각했다. 도저히 누가 뭐라 해도 난 결혼할 수 없어! 서우의 마음은 단호했다.

"노을아, 넌 지금이라도 얼마든지 좋은 사람을 만날 수 있어. 조금이라도 그런 마음먹지 말거라."

노을이는 울며 매달렸지만 서우는 단호했다.

"너 정말 이러면 다시는 우리 집에 오지 말거라."

노을이는 울면서 문을 박차고 뛰어 나갔다.

그 후 노을이로부터는 아무런 소식이 없었다.

그 후에 들려오는 말로는 제주도의 호텔업을 하는 좋은 사람을 만나 결혼을 했다는 소식을 들었다.

서우는 정말 잘 된 일이라고 생각하며 행복하게 결혼생활을 했으면 하고 마음의 기도를 했다. 그리고 그동안 그렇게 고생하며 살아왔으니 어떤 어려운 일이 있어도 잘 헤쳐나가리라 생각해본다.

결혼 후에도 노을이로부터 여러 번 전화가 걸려왔다. 그러나 서우의 마음은 조금도 흔들리지 않았다. 마음은 더 단호했다. 남은 인생 마리아만 생각하며 살리라! 마음속에 굳게 다짐하고 다짐해본다. 그리고 이 길이 내가 갈 길이고 내 생각은 변할 수 없다고 생각해본다.

박경리 씨의 "토지"에서 인실이라는 여자가 조영하에게 한 말이 생각났다.

〈"길이란 형편에 따라 우회할 수도 있고 질러 갈 수도 있지만 생각

은 화살처럼 곧아야 한다고 믿어요."〉

서우는 오로지 마리아만 바라보며 지금까지 살아왔다. 지금 사람들이 보면 어쩜 바보인지도 모른다. 그러나 그것이 그에 대한 내 사랑의 전부라고 생각해본다.

서우는 옛날하고는 너무나 다르게 변해 버린 부평거리를 터덜거리며 걸었다.

양쪽 길가에 높다랗게 올라간 빌딩들, 그것들이 우리나라가 발전하고 있는 모습을 대변해주고 있는 듯하다. 젊은 고등학교 학생들이 활기찬 모습으로 떠들어대며 서우의 앞을 스쳐 지나간다.

참 너희들은 좋은 시절에 태어났다. 이렇게 잘 살게 된 나라에 태어난 기쁨을 그들은 알기나 할까?

서우는 마리아가 보고 싶어졌다.

서우는 마리아 생각이 나면 수시로 추모공원을 찾아가 마리아와 대화하고 온다. 그런 생활은 계속 반복되었다. 그러고 나면 마음이 훨씬 홀가분해진다. 오늘도 서우 마음은 자신도 모르는 사이에 추모공원으로 향하고 있었다.

마리아가 잠들어 있는 추모공원으로 가기위해 버스에 올랐다. 마음이 울적할 땐 아무 때나 마리아가 잠들어 있는 추모공원으로 그녀를 만나러 간다.

김포로 가는 길은 옛날과 달리 잘 포장된 도로로 옛 모습은 찾아보기 어렵다.

서우 앞에 두 노인이 주고받는 이야기가 들려왔다. 대낮부터 약주를 한잔하신 모습이다. 얼굴이 취기가 올라 거나하게 취하셨고 세월을 말해주듯 깊게 패인 주름이 삶의 연륜을 말해주는 얼굴이시다.

목소리가 점점 커지고 있었다.

"이봐, 친구! 참 우리는 불쌍한 세대야."

"어려운 시대에 태어나 먹을 거 못 먹으면서 자식들 키워 놨더니 우리에게 남은 게 뭔가?"

"아무것도 없지 않나 말이야."

"지금이라도 재산이 있다면 움켜쥐고 있어야 그래도 아버지 취급 받다가 갈 수 있어."

"아침이면 눈치로 살아. 오늘은 무엇을 하나, 며느리 눈치 보여 마음 놓고 앉아서 텔레비전도 볼 수 없어."

"그래서 아침이면 무조건 나와 방황하는 거야."

"자네도 알지 병식이, 얼마나 자식 자랑 많이 했나. 지금 양로원에서 죽을 날만 기다리고 있어."

"부모를 모시는 것도 우리가 마지막 세대야, 죽도록 일만 했지, 놀아보기를 제대로 했나."

노인은 입맛을 다시며,

"빌어먹을, 내가 어쩌다 이 모양이 되었나 몰라."

두 노인이 투덜대며 큰 소리로 대화를 하고 푸념하고 있다.

서우도 자신을 생각해봤다. 나도 언젠가는 가게 될 것이다.

나이 들어 혼자 사는 노인이라고 가끔 동사무소 주민복지과에서 안부를 묻는 전화가 오곤 한다.

독거노인이 된 서우는 요즘 신문에 종종 보도되는 기사처럼 언제 죽었는지 모르게 발견될지도 모른다. 서우는 가끔 자신이 자다 죽으면 며칠 만에 발견될까 생각해 보곤 했다.

자다 죽으면 오복에 하나지, 제발 그랬으면 하고 생각하곤 한다.

서우는 밖의 경치를 보며 마리아를 생각했다.

그리움이 밀물처럼 몰려온다. 그리움은 사랑이라 했던가. 사랑은 믿음에서 시작된다고 서우는 생각한다. 내가 마리아를 믿는 한 난 그녀를 사랑하고 있는 것이다.

그렇게 열을 올리던 앞의 노인들이 내리고 버스 안은 정적이 흘렀다. 얼마 후 김포 추모공원 표지가 보였다.

서우는 버스에서 내려 혼자 틈만 나면 걸어갔던 길을 걸어 올라갔다. 아무도 오지 않은 이 추모공원에 유일하게 서우 혼자 많은 이들이 잠들어 있는 길을 걸어 올라갔다. 마리아가 잠들어 있는 납골묘가 멀리 보였다. 이 길을 얼마나 더 올는지 모른다.

서우는 문득 젊은 시절 생각이 머리를 스치고 지나간다.

서우가 군대 가기 위한 입영통지서를 받고 얼마 후 서우는 마리아와 예고도 없이 여행을 했었다.

전북 무주군 설천면 장덕리에 있는 무주구천동을 가기로 했다. 70년대에는 지금처럼 교통편이 좋지 않았다. 마리아와 서우는 배낭 하나씩 덜렁 둘러메고 무주로 가는 고속버스에 올랐었다.

우리 세대에는 교통편이 너무 어려웠다. 일반 시외버스를 갈아타며 처음으로 마리아와 서우는 서울을 벗어나 멀리까지 여행을 했었다.

처음 와 보는 무주구천동은 너무 경치가 아름답고 사람 찾아보기도 어려웠다. 산새 소리와 계곡에서 흘러 내려오는 물소리만이 귀를 울렸다.

푸른 숲 맑은 물에 취해 서우와 마리아는 마음까지 들떴다. 두 젊은 남녀만 있을 뿐 이 산속에서 다른 사람을 찾아보기란 어려웠다. 서우 마음은 둥둥 떠다니는 뭉게구름처럼 하늘을 떠다니고 있었다. 사랑하는 남녀가 이 깊은 계곡에 와 있다는 것만으로도 서우는 정신이 나간 듯 황홀했다. 그도 그럴 것이 사랑하는 남녀가 아무도 없는 산속 길을 걷고 있다는 것만으로도 모든 것이 내 세상인 듯 했다.

초가을인데도 산속은 저녁 무렵이 되니 냉기가 돌았다. 마리아와 서우는 무주구천동 흐르는 물을 따라 천천히 발길을 옮겼다.

마리아는 서우 옆에 바짝 붙어 팔짱을 끼고 밀착하며 걸었다.

둘이 걷는 길이란 언제까지 걸어도 끝이 없다. 지루함도 있을 수 없고 끝없이 걸어도 행복하다. 특히 사랑하는 두 남녀가 걷는 길은 한없이 걸어도 좋은 일만 끝없이 샘솟아나듯 행복한 시간이었을 것 같다. 둘이 걸을 수 있다는 것은 사랑이다.

사람의 발길도 보이지 않고 한참을 걸어도 만나는 사람도 없고 사람 찾기가 정말 쉽지 않은 계곡이 이어졌다. 60년대는 어느 산을 가도 지금처럼 사람의 인파가 넘쳐 나는 곳은 없었다. 너나없이 먹고 살기에 바쁜 시절이었다. 서우가 말했다.

"우리 어디 조그만 산장에서 묵고 내일 갈까요?"

무심코 지나가는 말처럼 건넨 말이었다.

사실 그날로 간다고 해도 갈수 없는 형편이었다. 일찍 끊어진 버스는 내일 아침이나 되어야 만날 수 있다고 한다.

마리아는 가볍게 고개를 끄덕였다. 이미 떠나기 전부터 마리아는 오늘 못 오리라 예측하고 있었는지 모른다. 산속은 어둠도 빨리 찾아왔다. 마리아와 서우는 구천동 맨 위에 위치되어있는 산장을 향해 걸어 올라갔다. 맑은 물이 높은 계곡을 따라 흘러내리며 경쾌한 소리를 내며 흘러내렸다. 한참을 걸어 올라가 눈에 보이는 아담한 산장을 골라 거처할 곳을 정하고 들어갔다.

방안은 습한 냉기가 돌았다. 산장 주인은 저녁에 뜨겁게 장작불을 피워놓겠노라고 말하고 돌아갔다.

마리아와 서우는 처음으로 조그만 방안에 마주 보며 앉았다. 불빛에 보는 마리아의 얼굴은 더욱 창백하게 보였다.

서우는 방 한구석에 있는 이불을 당겨 깔고 마리아에게 말했다.

"피곤할 텐데 좀 누워 봐요."

마리아의 얼굴은 다른 사람에 비해 하얀 얼굴이 더 백지장처럼 보였다. 마리아는 정말 피곤해 보였다.

"그러면 저 좀 누울게요?"

마리아는 서우가 자리를 펴준 곳에 살포시 누었다. 조용히 눈을 감고 있었다.

서우는 눈을 감고 누워 있는 마리아의 얼굴을 내려다보았다. 핏기 하나 없는 얼굴, 정말 하늘에서 내려온 선녀 같았다. 하얀 얼굴에 핏기하나 없는 얼굴이 더욱 백지장처럼 보였다. 말은 하지 않아도 어딘가 몸이 좋지 않은 것만은 확실했다. 그렇다고 자꾸 물어볼 수도 없었다.

밖에서는 이름 모를 산새와 멀리 위쪽 골짜기에서 흘러 내려오는 물소리가 요란하게 서우의 귀를 울렸다.

서우는 창문을 통해 밖을 내다보았다. 어둠이 내려앉은 산속은 정말 고요하고 정막 했다. 이곳은 정적이 멈추어선지 오래된 세상에 살고 있는 곳과는 완전 다른 신천지에 온 느낌이 들게 한다. 귀까지 멍하게 한다. 바람 소리와 풀벌레 소리와 가끔 울부짖는 새 소리만이 고요한 정적을 깨뜨리고 있었다.

"서우 씨, 무슨 생각하세요? 이리오세요. 온기가 올라와 방이 따뜻하네요."

마리아는 손짓했다.

서우는 마리아가 있는 이불속으로 들어가 손을 넣어 보았다. 따뜻한 온기가 금방 전신으로 타고 올라왔다. 가슴이 두 방망이질 치며 뛰었다. 쿵 쿵 거리는 소리가 요란하게 서우의 귀로 울려왔다. 마음을 진정시키느라 한참동안 숨을 멈추고 있었다.

두 젊은이가 처음으로 몸을 맞대고 있다. 누가 말하지 않아도 온몸이 활화산처럼 타오르고 있었다. 마리아가 서우를 끌어당겨 안았다. 마리아는 언제나 적극적이었다.

"전 어떤 일이 있더라도 서우 씨를 사랑하는 맘 변치 않을 겁니다. 오늘 서우 씨와 함께 있다는 것을 이 생명이 다하는 날까지 후회하지 않을 겁니다. 서우 씨, 전 서우 씨를 정말 사랑합니다."

서우는 마리아를 끌어안았다. 무슨 말을 한들 무슨 소용이 있단 말인가. 마리아는 서우에게 안겨오며 작은 속삭임으로 말했다.

"전 오늘 이후로 서우 씨와 한 몸입니다."

"어느 누구도 우리를 갈라놓을 수 없을 것입니다."

서우는 활화산처럼 온 몸이 타올랐다. 정신이 몽롱해지며 온몸은

구름 속을 날고 있었다. 서우는 마음속에서는 계속 이렇게 말하고 있었다.

난 마리아를 사랑한다. 이 마음은 영원히 죽어도 변하지 않을 것이다. 누가 무엇이라 해도 우리를 갈라놓을 수는 없다. 난 마리아를 사랑한다.

"마리아!"

서우의 목소리는 가늘게 떨렸다. 서우는 마리아를 격하게 끌어안았다.

격한 두 몸이 언젠가 덕수궁의 인형가게에서 본 남녀의 인형처럼 불덩이가 되어 젊은 두 남녀의 마음을 활활 타오르게 하였다. 어떻게 한 순간이 지나갔는지 모른다. 활활 타오르며 불씨는 한참을 꺼질 줄을 몰랐다. 불타오르던 장작불은 서서히 불씨가 꺼져가듯 서우도 제정신으로 돌아왔다.

마리아는 서우의 몸속으로 파고 들어왔다. 둘은 언젠가 거리의 장식장 속에서 본 엉켜 있던 마네킹의 남녀처럼 떨어질 줄을 몰랐.

꿈을 꾸고 있듯이 밤이 흘러갔다. 서우는 이건 꿈일 거라고 생각했다. 이런 날이 또 올 수 있을까? 금방이라도 깨져 버릴 것 같은 불안감에 서우는 마리아를 더 세차게 껴안았다. 으스러지게 안으면 안을수록 밀착된 공간은 채워지지 않았다. 이 행복한 순간이 금방이라도 깨져 흐트러질 것 같은 불안감이 스쳐 지나갔다. 너무나 짧은 밤이었다. 행복은 순식간에 지나가 버렸다.

서우가 눈을 뜨고 잠에서 깨어났을 때는 해가 중천에 뜬 대낮이었다. 서우는 정말 곤한 잠에 빠져 있었다. 꿈같은 밤이 잠깐 사이에 흘러가 버리고 말았다.

서우는 잠자리에서 빠져나와 세수 대야에 뜨거운 물을 받아왔다. 마리아에게 무엇인가 해주고 싶었다.

"마리아! 일어나 보세요."

마리아가 눈을 비비며 서우를 올려다보았다.

"어머나, 벌써 해가 중천에 떠 있네요?" 마리아는 눈을 비비며 일어났다.

"마리아, 제게 발을 내밀어 보세요."

서우는 마리아를 일으키고 조그만 발을 잡았다. 어디서 본 인형 같은 조그만 발이 손에 잡혀왔다. 정말 예쁜 발이었다. 갓난아기가 오물거리는 예쁜 발처럼 그저 예쁘다고 생각했다.

서우는 마리아의 발을 따스한 물에 담그며 두 손으로 정성껏 씻겨주었다. 마리아는 엷은 미소를 띠고 있었다.

"전 정말 행복한 여자입니다."

"이런 날이 오래 계속되었으면 좋겠어요."

"앞으로 우린 행복한 날만 있을 것입니다."

서우가 말했을 때 마리아는 여전히 엷은 미소를 띠고 있었다.

이튿날 둘이는 아무런 일도 없었던 것처럼 서울로 올라왔다. 이 여행이 마리아의 전부를 알 수 있었던 짧은 여행이었다. 그 후 며칠 후 서우는 군에 입대했고 바쁜 나날이 흘러갔다.

마리아가 잠들어 있는 납골묘가 어느새 서우 옆에 와 있었다.

"마리아, 잘 있었어요?"

서우는 언제나 찾아오면 반복되는 이야기를 혼자 중얼거렸다.

마리아의 젊은 날 웃고 있는 사진을 보면 서우는 가슴이 메어 아무 말도 할 수가 없다.

"그립습니다."

그리움이 밀물처럼 밀려와 서우의 가슴에 와 화살처럼 박혔다. 그리움은 사랑입니다. 사랑한다는 것은 기다림입니다.

"언제나 다시 만나게 될까요?"

"그리움이 불꽃처럼 타올라 보고 싶습니다."

사진 속의 마리아가 금방이라도 뛰어 나올 것 같다. 금방이라도 뛰어나와 서우를 와락 껴안을 것 같은 착각 속에 헤매고 있었다. 그리움은 마음에 퍼지는 아지랑이 같은 향기인지도 모릅니다. 마리아 당신이 보고 싶습니다. 그리움이 지나치면 미움이 될지도 모른다고 서우는 생각했다. 정말 난 이 여자만을 생각하며 한평생을 살아왔는데 후회 같은 것은 한 번도 생각해 본 일이 없다. 그 당시 마리아의 병을 알았더라면 더 잘해주었을걸 서우의 가슴에 후회만 남기고 먼저 하늘나라에 간 사람, 저도 당신을 만날 날이 곧 다가오고 있다고 생각하며 그날이 빨리 와주었으면 하고 서우는 생각하고 있다.

산다는 것, 산다는 것은 죽음으로 한 걸음씩 다가가는 연습인지도 모른다. 서우는 정말 이만큼 살만큼 살았음에 신께 감사해본다. 그리고 자기 같은 사람을 왜 신은 빨리 데려가지 않느냐고 몸부림쳐본다.

정말 그립고 보고 싶다. 미치도록 그리울 땐 저 지고 있는 석양의 노을 속에 모든 걸 묻어버리고 싶다.

마음 속까지 후벼대는 그리움이 몰려올 때는, 서우는 잡히지 않는 신기루를 향해 목구멍의 피 맺힌 절규처럼 외쳐본다.

그립다. 그립다. 그립다.

사랑한다. 사랑한다. 사랑한다.

"마리아"

멀리서 기러기가 떼를 지어 지나가고 있다. 누군가 말했던가. 뒤를 돌아보지 마라. 뒤를 보는 새는 이미 죽은 새다. 그러나 서우는 뒤를 돌아보고 있다. 앞으로 날아갈 수가 없다. 마음과 몸이 모두 지쳐 있다. 벗어나려 몸부림치면 칠수록 벗어날 수 없는 천길 만길 구덩이 속으로 빠져 들고 있는 것을 느낀다. 그러나 절벽 밑으로 떨어진다고 해서 그곳이 끝이 아님을 서우는 알고 있다.

광화문에서는 오늘도 수천 명이 몰려 촛불집회가 열렸다. 무능한 전 정권을 타도한다는 집회가 연일 열렸다.

너 나 할 것 없이 이 집회로 모여 들었다. 평화적인 집회이어야 한다며 촛불을 하나씩 들고 광화문 광장으로 몰려든 군중들. 그 속에는 유모차를 앞세운 아기 엄마, 나이 어린 꼬마 아이들 아버지를 따라 나온 나이 어린 남자 아이들, 수많은 군중 속에서 이 나라가 어디로 가는가? 그들이 무엇을 느끼고 있는지 알까? 역사의 올바른 사건의 판단은 백년이 지나가야 참다운 올바른 역사관을 알 수 있다고 대학시절 어느 교수가 한 말이 생각난다.

이 집회는 여러 날 계속되었고 결국 박근혜 대통령은 그를 옹호하고 뒤따르던 가까운 측근들에 의하여 탄핵을 받았다. 국정 농단 사건, 최순실이라는 여자를 그의 주변에 두고 그의 뜻이 반영된 정치를 했다는 이유로 대통령의 무능이 드러나 집권자의 자리에서 물러나고 말았다.

그는 재판을 받고 있다. 권좌에서 물러나 수갑이 채워진 대통령의 모습을 보며 권세가 땅에 떨어진 인간의 모습 속에서 말로 표현할 수 없는 초라함을 본다. 결국 대통령 선거가 다시 치러졌고 지금의 문재인 대통령이 당선되었다.

　새로 국민의 지지를 받은 대통령은 적폐청산이라는 슬로건을 내걸고 전 대통령 시절 고위직 관료들이 하나 둘 법정에 서고 있다.

　보수진영에선 전 대통령을 신봉하는 사람들은 부당한 구속이라며 연일 태극기 집회를 열고 있다.

　정말 권력이란 무엇인가. 그렇게 군림하던 정치인들과 각부 각료들이 수갑에 묶여 검찰청으로 들어가는 것을 보며 서우는 마음이 무겁고 가슴이 돌덩이에 짓눌린 것처럼 무거워 옴을 느낀다.

　언제까지 이런 역사의 수레바퀴가 굴러 갈 것인가? 우리나라의 정치사는 왜 이렇게 서로 간에 충돌만 하는 것일까? 어쩌다 이렇게 된 것일까? 정치인들은 보수진영과 진보진영이 갈라져 자기들의 주장만이 옳은 것이라고 싸우고 있다. 화합과 토론은 간 데 없고 자신들의 주장만 옳다고 내세운다. 좁은 땅덩어리에서 남과 북이 갈려 이념 전쟁은 대한민국이 독립된 후 지금 까지 이어지고 있고, 이념전쟁을 넘어 같은 동족끼리 내 편 네 편으로 같은 지역 내에서도 편이 갈려 생각과 이념이 다르다는 이유로 싸우고 있다. 심지어는 부모와 자식 간에도 서로 의견이 달라 부자간을 갈라놓고 있다.

　서우는 마음이 아파오며 머리가 어지럽고 모든 게 귀찮아졌다.

　산다는 것이 이런 것일까? 가족 간에도 정치적으로 갈라지고 있는 이 나라, 정말 사심 없이 이 나라를 바로 잡을 진정 국민을 위하는 참된 정치인들은 언제나 나타날 것인가? 수많은 국민들이 나라를 지키기 위해 일제 치하에서 싸우던 진정한 독립투사들은 무엇이라 지하에서 말하고 있을까?

서우는 정치에 대해서는 잘 모른다. 오로지 학생들을 가르치는 데만 매진해 왔다. 교육 현장도 어려워지고 있다고 한다. 학생들은 선생님을 존경하려 하지 않고 선생님들도 사명감 없이 무사안일로 방관에 빠져들고 있다는 소식을 듣는다. 교육현장이 너무 어렵다고 한다.

학생들을 지도하기가 어렵다고 후배 교사들은 말한다. 옛날처럼 스승을 공경한다는 말은 찾아보기 어렵다고들 말하고 있다.

서우는 서울 시청에서 인천으로 내려가는 지하철에 몸을 실었다.

옛날에는 경인간 열차가 한 시간에 한 번씩 밖에 다니지 않았다. 지금은 몇 분 간격으로 전철이 달리고 있다. 얼마나 편리한 세상인가? 그래도 좋으면 좋을수록, 편하면 편할수록 더 편하기 위해 불평한다.

서우는 학교에 가기위해 아침마다 마라톤을 하다시피하며 뛰어다녔다. 정말 그때를 생각하면 우리나라는 많이 발전되었다. 정말 무엇인가 하고자 하면 꼭 이루어 내고야 마는 민족이다.

그런데도 생각들은 갈라져 있다. 남의 의견을 들으려하지 않는다. 무엇하나 통일을 이루어 내기가 힘들다. 우리나라 사람들은 개인적인 두뇌는 발달되어 있는데 뭉치는 힘이 부족하다고 이구동성으로 말하고 있다.

일종의 패거리 문화라고 어느 친구가 한 이야기가 생각난다. 어쩌다 이렇게 된 것일까.

전철 안은 많은 사람들로 붐볐다.

서우는 전철 속의 얼굴들을 보며 사람들의 마음속에는 각자 어떤 생각들을 가지고 살아가고 있을까 생각해 보았다.

이 비좁은 곳을 뚫고 먹고 살기위해 장사하는 잡상인이 외쳐 된다. 잡상인을 만나면 신고하라는 방송이 나오지만 정말 신고하는 사람이 있는지는 모르겠다.

전철 칸에서 장사하는 분들의 이야기는 거의 스토리가 같다. 굴지의 회사였는데 자금난으로 회사가 부도가 나서 이렇게 들고 나와 팔지 않으면 안 되게 되었다. 시중에 나가면 만원이 넘지만 이 자리에서는 5천 원 만 받겠다는 말로 현혹한다. 전철에서 장사하는 이들은 대체로 입담이 남다르다. 이런 유혹에 마력처럼 끌려 서우도 몇 번 산적이 있다. 그러나 한 번도 좋게 끝까지 사용한 적은 없는 것 같다. 그래도 마력처럼 이끌려 사곤 했다.

서우는 문득 저 많은 사람 중에서 자신만이 혼자라는 외로움이 몰려왔다. 이 세상에 혼자라는 생각. 예수님도 열두 제자가 있었지만 어쩜 혼자라는 생각에 방황하지는 않았을까 생각해본다.

사람은 살다 보면 누구나 혼자 가기 마련이다. 서우는 생각한다. 내 마음 속에는 마리아가 손을 흔들고 있다. 어서 그의 곁으로 갈 수만 있다면 가고 싶다. 그러나 신은 쉽사리 불러주지 않고 있다. 인간의 수명은 점점 길어지고 의학도 발달하고 복지제도도 옛날과는 너무 다르다.

우리나라만큼 복지 제도가 잘 되어 있는 나라도 드물다. 백세 시대가 열리고 있다고 방송은 수없이 말하고 있지만 얼마나 많은 노인들이 이 좋은 세상을 공감하고 있을까.

서우는 아무도 맞이해 주지 않는 출입문 번호를 눌렀다. 뚜 뚜뚜 경쾌한 음을 내며 번호가 눌러졌다.

매일 출입문 번호를 누르지만 간혹 문 번호가 생각나지 않아 당황할 때도 있다. 이럴 때마다 치매가 온건 아닐까 하고 스스로 놀라며 멈칫 놀랄 때가 한두 번이 아니다. 요사이 와서 부쩍 그런 적이 많다.

서우에게는 이렇게 출입문 번호를 누르고 집에 혼자 들어갈 때가 가장 싫다. 아무도 맞이해주지 않는 집으로 들어가는 발걸음처럼 외로운 적이 세상 살면서 또 있을까?

 혼자 살아본 사람들 대다수가 밤늦게 귀가하여 썰렁한 집에 불을 켜고 들어설 때가 가장 싫다고 한다.

썰렁한 집안 공기 이렇게 수십 년을 살아왔고 얼마를 더 사는지 모른다.

수많은 나날들, 서우는 이렇게 살아왔다.

서우의 모든 것을 훔치고 서우의 마음만 이리게 히고 떠난 마리아. 다시금 세월을 되돌릴 수 있다면 지금처럼 살지는 아니하리라 생각해본다.

서우에게 있어서는 처음이자 마지막 사랑이었던 마리아.

이렇게 혼자 견디어온 많은 세월, 부부로 살다 혼자 사는 사람들은 배우자를 먼저 보내고 이 긴 시간들을 어떻게 견디며 살까. 얼마나 마음이 아려 올까 하고 서우는 생각해 봤다.

매일 아침저녁을 함께했던 부부들에게는 그 사소한 일상생활들이 가슴속이 메어 지도록 남아 일을 것이다.

그래서 외로움에 못 이겨 고독사하는 이들이 신문에 종종 실려 나오는 것이구나 서우는 생각해 본다.

산다는 것은 누구나 죽음으로 한 발자국씩 다가가는 연습인지 모른다고 서우는 생각하며 이렇게 살 만큼 살았음에 감사해 한다.

서우는 퇴직을 하고서도 노년에 들어선 나이이면서도 이십대처럼 꿈만 꾸고 사느냐고 친구들로부터 핀잔을 들을 때가 많다.

서우의 친구들은 나이 들어 늙어서도 꿈만 꾸고 사는 녀석이라고 항상 핀잔을 주고 꿈에서 깨어나라고 한다. 이 세상에 너 같은 사람이 어디 있느냐고 말한다. 그러나 서우는 지금까지 한 번도 후회해 본 적은 없다. 꿈을 꾼다는 것은 희망이 있다는 것이다. 사람이 살아가는데 희망이 없다면 무엇 때문에 사는지 모를 것이다. 꿈과 희망 그것이 있기 때문에 사람들은 더 나은 삶이 있을 거라 믿으며 살고 있는 것이다.

희망이 있다는 것은 숨을 쉬고 있다는 말과 같은 지도 모른다.

20대처럼 꿈을 꿀 것이고 그렇게 살아온 것처럼 앞으로 남은 생애도 그렇게 살 것이라 서우는 다짐해 본다.

긴 꿈을 꾸는 희망의 여행, 아직도 여행을 할 수 있다는 것은 마음을 한없이 설레게 한다.

꿈을 꾸는 여행, 내가 접하지 못한 미지의 세계를 마음껏 달릴 수 있다는 것은 살아 숨 쉬고 있다는 말과 같은지 모른다고 서우는 생각해 본다.

서우는 자꾸 밀려오는 젊은 날 마리아의 영상으로 방황하고 있다.

마리아를 처음 만나 사랑했고 내 심장은 아직도 마리아로 가득 차 있음을 느낀다. 그래서 어떤 여자도 사랑할 수 없다고 서우는 생각해 본다. 서우는 사랑하는 마리아가 마음속에 있는 한 항상 자신의 곁에 있는 거라고 생각한다. 성경에서처럼 사랑하는 믿음이 없었다면 아브라함이 사랑하는 아들 이삭을 하나님께 바칠 수 없었을 것이다. 사랑은 모든 것을 이길 수 있다. 김수환 추기경의 말씀처럼 하나님께 갈 때 부끄럽지 않은 영혼으로 살고 싶다는 말처럼 서우도 마리아에게 부끄럽지 않은 사랑을 했노라고 말하고 싶다.

서우의 가슴 속에서 지우려하면 할수록 더욱 선명히 자리 잡고 지워지지 않는 마리아, 오늘도 서우는 울먹이며 그의 환상에서 벗어나려 애써본다. 그러나 벗어날 수 없다.

서우는 혼자라는 공허함에 빠져 고독감이 밀려오는 형상을 지우려 애써본다. 멀리 인천대교가 보이는 창가에서 혼자 중얼거려 본다.
"신이여! 이제는 제발 좀 놓아 줄 수는 없나요?"
서우는 석양이 물들어가는 창가에서 이 노인이 하던 이야기가 머리를 스쳐 지나갔다.
이 노인이 아침마다 일찍 산을 가기 위해 집 앞에 나오면 공원 숲 속에 벤치가 있는데 매일 한 번도 쉬지 않고 나오는 할머니 한 분이 있었다고 한다. 추운 겨울날도 떨면서 벤치에 앉아 있어 할머니께 지나가는 길에 물었단다.
"할머니, 이 추운 날 감기라도 걸리시면 어쩌시려고 밖에 나와 계세요?" 하고 물었단다.
할머니는 한 손에 꼬기꼬기 구겨진 천 원 한 장을 들고 하시는 말씀이, "전 집에 들어갈 수 없답니다." 하면서 긴 한숨을 땅이 꺼지도록 내쉬더랍니다.
"왜요?" 하고 물었더니,

아들이 출근하고 나면 며느리가 점심값으로 천 원 한 장을 주고 문을 잠그고 나가기 때문에 집에 들어갈 수 없다는 겁니다.

"내가 우리 아들을 얼마나 애지중지하고 키웠는데." 혼자 중얼거리면서 먼 산만 보시고 혼자 중얼거리는데 남의 일이 아니구나하고 생각했다고 하던 말이 생각난다.

"늙으면 빨리 가야되는데 데려가지 않으니 어쩌면 좋겠어요?"

"아드님은 이 사실을 알고 계시나요?"

이 노인이 하도 딱하여 물었더니 할머니 말씀이,

"무엇하러 잘 살고 있는 아들 내외가 싸울 이야기를 할 필요가 있겠어요?"

하시고는 먼 산을 바라보시면서 무엇이 바빠 영감님이 나를 두고 빨리 혼자만 가셨는지, 혼자 중얼거리며 우두커니 앉아 있는 모습을 보며 마음 아파한 적이 있다고 하던 말이 들려온다.

이 노인의 이야기를 들으며 우린 결국은 다 양로원으로 가서 죽을 수밖에 없는 거야, 이게 우리가 태어난 현실이지, 옛날로 말하면 고려장이나 마찬가지지 하고 말하던 이 노인이 살아 옆에 있는 듯했다.

이 노인은 그 후에도 이 할머니를 보아 왔지만 어느 날부터 보이지 않아 돌아가셨나 궁금했는데 어느 날 어떤 남자노인과 산책을 하며 행복한 웃음을 띠며 산책을 하고 있기에 통 안보이서서 어디 다니러 가셨나 했는데 정말 반갑네요? 하고 인사를 드렸더니 이 노인은 반가움에,

"할머니, 건강하시네요? 좋은 일이 있으시나 보네요?" 하고 말을 붙였더니 웃으면서 행복한 미소를 짓더랍니다.

아내로부터 들은 말에 의하면 같은 또래의 할아버지가 한 분 계셨는데 그 분이 매일 할머니를 지켜보시다가 갈 데가 없으면 자신의 집에서 말동무나 하며 같이 식사도 하며 지내자면서 데려갔는데 그것이 계기가 되어 살자고 청원해서 지금은 말 상대하며 잘 살고 있다는 소리를 들었다고 했다.

얼마나 잘 된 일인가?

혼자되면 공원이라도 산책하다 보면 좋은 말 상대도 만나게 되어 있나보다고 웃으며 하던 말이 서우에게 엷은 미소를 짓게 했다.

그런가보다. 지금 우리가 겪고 있는 고통과 슬픔은 영원한 것이 아니다. 언젠가는 해결되게 되어있다. 과거를 지울 수는 없지만 우리 인생은 새로운 계기로 다시 시작할 수 있는 것이다. 전 영국수상 처칠이 말한 것처럼 우린 어떤 일이 있어도 포기해서는 안 된다. 사람은 누구나 홀로 천천히 아무도 가지 않는 자신의 길을 갈 필요가 있다. 남을 따라 할 필요도 남과 비교하며 좌절에 빠질 일도 아니다. 자신의 길로 가면 된다.

차창 넘어 인천대교의 큰 길로 수많은 차들이 많은 이야기들을 싣고 달리고 있다. 서우 집 앞의 오래된 동양 화학 공장이 갈기갈기 뜯기어 나가고 옛날 어린 시절 친구들과 다 찢어진 속옷하나 걸치고 수영하던 월미도 갯벌이 생각난다. 추억이랄까. 그런 것이 서우를 지배하는 나이가 되어 서우를 지나간 향수에 젖게 하고 있다.

아침에 서우가 잠에서 깨어 일어났을 때는 해가 중천에 떠 있었다. 복도가 소란스럽고 왁자지껄하여 복도에 나가 보았다. 같은 층에서 살고 있는 한 노인이 지난밤에 돌아가셨다고 한다.

영구차가 대기하고 119 구급차가 오고 요란하다. 관이 23층에서 곤돌라를 타고 내려온다. 관이 승강기에 들어가지 않고 세워야하기 때문에 할 수 없이 곤돌라를 불렀다고 한다. 서우는 생각해본다. 나도 이다음에 이곳에서 죽으면 저렇게 되는 것이겠구나 하고 생각하니 마음이 꽉 막혀오는 느낌이다. 노인들을 환영해주는 곳을 찾기란 힘들다. 젊은이들은 자신들은 생전 늙지 않을 것처럼 노인들을 싫어한다. 우리나라는 옛날부터 노인들을 존경해왔던 민족이다. 그러나 서구화의 물결에 밀려 노인을 존경하는 일은 점점 사라지고 있다.

서우는 가슴이 먹먹하고 마음이 아파온다. 우리 세대는 어쩌다 이렇게 되었는가? 살기위해 온갖 어려움을 다 감수하며 살기위해 어떤 일도 마다하지 않았던 고생만 했던 세대.

서우는 멀리 보이는 인천대교를 바라본다. 그 대교를 보러 한때는 관광버스가 사람들을 실어 나를 정도로 인기가 있었던 적이 있다. 우리나라에서는 제일 긴 대교라고도 했다. 서우가 살아온 과거가 주마등처럼 지나간다.

서우가 고등학교 1학년 때 일거라고 생각된다.

서우는 눈만 뜨면 수없이 보이는 수많은 십자가를 보면서 불현듯 학교 시절이 스쳐 지나간다.

크리스마스이브 저녁일 거다. 교회에서는 밤을 새우며 고등부 학생들이 모여 선물 교환도 하고 밤을 새운 후 새벽에는 예수님 탄생을 축하하는 성탄 송을 가정마다 돌며 불렀다. 힘든 줄도 모르고 그저 즐겁기만 했다. 추위에 떨면서도 그런 것이 서우는 너무 좋았다.

지금은 시골 교회에서도 찾아보기 어려운 추억이 되어 버린 새벽송, 고등학교시절 성탄절 이브 저녁 밤늦게 교회에 모여 선물교환이란 게 있었다. 서우의 가정은 어려웠다. 가난했다. 지금 생각하면 왜 서우가 그곳에 끼어 있었는지 모르겠다. 선물교환을 위해 살 돈이 정말 마련하기 어려웠다. 어머니에게 말씀드리자니 추위에 떨며 장사하고 계시는 어머니께 죄송스럽고 미안하여 선물 살 돈을 달라는 말이 나오지 않았다.

서우는 그때 헌 책방에서 싸구려로 찍어낸 시집을 한 권 사서 포장해 선물로 내어 놓았다. 선물은 아무도 알지 못하게 지정된 장소에 놓고 가기 때문에 누가 만든 선물인지 알 턱이 없었다. 그런데 그날 밤 서우가 낸 선물이 하필이면 가장 잘 사는 고등부 회장에게 돌아갔다. 사회자는 선물을 공개하며 이 선물 너무 하네 싸구려 책 아냐, 그러면서 이런 선물을 해서 되는 거냐고 너무 무성의한 선물이라고 비아냥거리며 말하던 그때가 생각났다. 그때 서우는 얼굴이 붉어지며 쥐구멍이라도 있으면 숨고 싶었었다. 지금도 그때 생각을 하면 선물이라면 그 당시 생각들로 좋지 않은 생각부터 떠오르곤 한다. 선물이란 가격이 중요한 것이 아니라 마음을 다해 마련한 그 사람의 진심이 중요한 것이 아닐까? 그러나 현실은 그렇지 않았다. 얼마만한 값어치가 있느냐가 더 중요한 시대가 되어 버렸다.

그 이후 서우는 교회에 나가지 않았다. 자존심이었다. 그때 사회자가 그렇게 장황하게 설명하지 않아도 되었을 것이고 남을 헤아리는 마음이 조금만 있었더라면 그렇게 깊은 상처를 받지 않았을 것이다.

항상 마음에 그때 생각을 하면 부끄럽고 쥐구멍이라도 들어가고 싶은 심정이다. 서우는 이다음 나는 자식에게 저렇게 마음에 상처를 주지 않으리라 다짐하고 다짐했다. 부모와 자식 간에 모든 것을 터놓고 말할 수 있는 대화와 사랑이 넘치는 그런 가정을 만들리라 다짐했었다. 왜 우리 집은 그 당시 부모와 자식 간에 냉한 기후가 흐르는 가정이었을까? 잘 살지 못한다고 하더라도 그렇게 냉했던 분위기를 지금 생각해도 알 수가 없다. 서우는 그때 다짐하고 다짐했다. 자식에게는 정말 모든 걸 다해 사랑하고 대화하고 화목이 넘치는 그런 가정을 만들리라. 가난을 물려주지 않기 위해 모든 것을 다 받쳐 일하리라. 그러나 밑바탕이 없는 가난은 쉽게 벗어나기 힘들었다.

그 사건 이후로 교회가 짜증스럽고 서우에게는 마음에 정신적 위안이 되지 못했던 것 같다. 서우네 가정은 독실한 기독교 신자였던 아버지로 인해 종교에 대해서는 철저했다. 어떤 일이 있어도 부모님은 교회가 우선이었다. 그와 반대로 자식들은 아버지와는 다른 방향으로 흘렀다. 교회 가는 것을 서우를 비롯해 동생들은 모두 싫어했다. 아버지는 특히 장남인 서우가 교회에 나가지 않는 것에 못마땅하게 생각하시곤 했다.

서우 아버지는 서우가 고등학교를 졸업하고 목회의 길을 걷는 것이 꿈이셨다. 우리 집안에 목사님이 한 분 나오는 것이 아버지의 소원이었다. 서우는 아버지 소원을 이루어 드리지 못했다. 지금 생각하면 어쩜 다행이라 생각해본다. 하나님은 서우가 목사님이 되는 것을 원치 않았는지도 모른다. 목회의 길은 어려운 길이다. 하나님이 선택해 주셔야만 할 수 있는 길이라고 생각한다. 그리고 그 생각에는 변함이 없다. 서우가 생각하는 길은 아버지가 생각하는 길하고는 다른 길을 원했다. 그것으로 아버지와 다툼도 여러 번 있었다. 아버지는 서우의 고집을 꺾을 수 없었다. 지금 생각하면 아버지에 대한 불효였다. 서우가 어른이 되어서야 부모의 마음을 이해할 것 같다. 그러니 얼마나 실망했겠는가? 서우는 그때 생각을 하면 아버지에 대한 미안함으로 마음이 지금까지 편치 못하다. 부모님의 실망감은 몇 배 크고 억장이 무너지는 느낌이었으리라. 서우가 어른이 되어서야 느끼고 있다.

서우가 대학 3학년을 마치고 군에 입대하여 훈련소생활을 마치고 수색중대에 배치되어 군 생활이 시작되었다.

서우가 군 생활을 하면서 일어난 큰 사건이 하나 있다.

어쩌면 지금 생각하면 신이 서우를 다시 신앙생활로 끌어들이기 위한 신의 계시였는지 모른다고 생각하곤 한다. 아마도 부모님이 쉬지 않고 기도하셨던 것이 더 컸을 것이라고 생각해본다.

훈련소를 마치고 수색중대 배정을 받고 자대에 간 어느 날 수색중대에 사단장 초도순시가 있었다. 매년 사단 예하 부대는 사단장 순시가 있었다. 부대 안은 아침부터 관물정돈 및 부대 안팎을 정말 먼지 하나 없이 깨끗이 하지 않으면 안 되었다. 복장을 비롯해서 지급된 소총도 광이 나도록 기름칠하고 총구도 윤이 나도록 갈고 닦아야 했다. 선임 하사는 총은 여러분의 생명과 같다, 최대한 광을 내도록 해야 한다고 목소리가 쩌렁쩌렁 울리는 소리로 반복해서 외쳐대었다.

군에서 사단장이 초도순시하는 일은 드문 일이었지만 서우가 근무하는 부대는 사단직할 수색중대로 1년에 한 번은 순시가 있곤 했다.

순시 시에는 일절 군에서 지급하는 물건 외에는 어떤 사제물건도 관물함에 놓지 못하게 했었다.

군에서는 사회에서 쓰는 물건은 일체 쓰지 못하게 했다. 그런데 아버지로부터 무려 10장이 넘는 장문의 편지와 함께 신앙생활을 버려서는 안 된다는 간절한 아버지의 소망이 담긴 편지와 함께 성경책을 소포로 보내주었다. 이소포를 받으면서 서우는 정말 그 당시로서는 짐스럽기까지 하였다. 그리고 아버지가 정성껏 보내주신 성경을 한 번도 읽어보지 않았다. 그냥 둘 곳도 마땅치 않았다. 그날 초도순시는 얼마 남지 않았는데 아버지가 보내주신 성경을 치울 수 있는 자리가 없었다.

서우는 관물함 한 구석에 성경을 진열해 놓았었다. 어쩔 수 없는 상황이었다. 그렇다고 버릴 수도 없었다. 사단장의 순시를 알리는 구령이 쩌렁쩌렁 부대를 울렸다. 많은 참모들과 함께 중대장이 서우의 내무반에 들어오셨다. 중대장의 눈은 어느새 서우의 관물에 꽂혀 있는 성경에 집중되었다.

아니나 다를까? 사단장이 서우 앞으로 오더니 장군들만 가지고 다니는 지휘봉으로 서우의 배를 찔렀다. 서우는 관등성명을 목이 터져라 댔다.

"일병 이서우!"

사단장은 조용히 물었다.

"교회에 다니나?"

"네!"

서우는 목청이 터져라 대답했다.

"교회 가는데 애로 사항은 없나?"

항상 사단장은 조용한 말투로 질문했다. 그러나 사병은 목이 터져라 대답해야한다.

서우는 "예, 없습니다."

이렇게 대답을 해야 했는데 너무 당황한 나머지,

"예, 있습니다." 이렇게 생각과는 다른 말이 나오고 말았다.

어쩌다 이런 실수를 했는지 영 기억이 나지 않는다.

사단장 이하 참모장들 중대장 모든 이들의 시선이 서우에게 쏠렸다. 서우 동료들은 앞으로 벌어질 일에 대하여 불안해하며 마음속으로는 앞으로 벌어질 일이 어떻게 진행될지 점 쳐 보는 눈치들이었다. 아마도 모두 그렇게들 생각하고 있었을 것이다. 얼마나 큰 벌로 시달림을 받을 것인가? 그런 생각들로 죽은 듯이 내무반은 숨소리도 나지 않았다.

사단장은 물었다.

"애로 사항은 무엇인가?"

중대장의 얼굴은 붉게 물들어 있었다. 사단장을 뒤따르는 참모장들도 당황하고 있었다. 대개 애로 사항이 있다는 말은 엄두도 내지 못하는 말이었다. 저 녀석이 무슨 말을 하나하고 모든 이들의 눈길이 쏠렸고, 우리 수색대 동료들은 불안한 얼굴로 서우를 응시했다. 선임병들은 저런 고문관이 있나, 순시가 끝난 후 어떻게 될까? 그런 생각들에 앞으로 벌어질 일을 생각하고 있는 것이 역력했다.

서우는 말이 잘못 나와서 벌어진 일이라고 말할 수 없었다. 이제 벌어진 일이니 수습해야만 한다. 거두어들이기는 이미 늦어 버렸다.

183

주일날 교회를 간다는 것은 그 당시 어려움이 많았다. 잠시라도 부대를 벗어나 자유를 누리고 싶은 시절이니까. 교회를 핑계로 부대를 벗어나고 싶은 동료들이 많아 절차가 까다로웠다. 그 당시는 그랬다. 신고 절차가 복잡했다. 교회를 한번 가려면 선임 하사, 소대장, 일직 사령, 중대장에게까지 신고 절차를 거쳐야만 했고 신고하다 보면 시간은 다 가기 마련이다. 그리고 서우가 군복무시절은 사역 작업이 너무 많았다. 모든 것이 군인들의 손으로 이루어지던 시절이니까. 누구도 일요일 병력이 나가는 것을 원치 않았다. 서우는 움츠려드는 목소리를 바로잡고 배에 힘을 주었다. 어차피 벌어진 일이다. 목소리에 힘을 주고 우렁차게 당당히 큰 소리로 외쳐대었다.

"교회 가는 절차가 너무 어렵습니다."

"신고 절차가 복잡하여 교회에 가고 싶어도 갈 수 없습니다."

"교회 가는 절차를 시정해 주십시오!"

서우가 목이 터져라 큰 소리로 말했다. 이왕 엎어진 물을 다시 담을 수는 없다.

이런 용기가 어디서 나온 것일까, 지금 생각해도 알 수 없었다. 아마도 그 당시 정신이 나갔던 거 같다.

사단장은 즉시 군종 참모에게 시정하라고 명령을 내렸다.

서우는 마음이 후련하였다.

초도순시가 끝나고 사단장이 돌아가고 난 후 서우는 소대장과 중대장에게 불려가 하루 종일 벌을 받으며 추궁 당했다. 대학까지 다니다 온 녀석이 그렇게 사리 판단이 서지 않느냐며 호되게 혼나고 벌을 섰다. 그 이후 고문관으로 낙인찍혀 호된 나날을 보냈다. 왜 아버지는 성경을 보내주서서 나를 이런 시련 속에 몰아넣느냐고 원망도 했다.

그런데 이게 무슨 일인가. 한 주가 다 간 주일 아침 수색중대에 군종 참모가 타는 사단 군용 지프차가 한 대 들어왔다.

주일 아침 군종참모가 타는 지프차가 서우가 있는 수색중대에 오기는 예고 없는 일이었다. 오랜만이었다. 군종 참모가 오서서 서우를 불렀다. 한참 후 소대장이 뛰어나오고 중대장이 나와 거수경례를 하였다.

군종 참모는 중대장에게 말하였다. 사단장님께서 직접 서우를 교회에 데려다 주라고 특별 명령을 내렸다는 것이다. 참으로 있을 수 없는 일이 현실로 이루어지고 있었다. 그리고 군종 참모 차에 서우를 태워 군인 교회로 향했다. 신고 절차도 약식으로 끝나고 특별한 일이 없는 한 서우만은 그 이후 꼭 교회에 갈 수 있었다. 동료들은 항상 교회 가는 날이면 서우를 부러워하곤 했다.

고문관이란 칭호도 벗어나기 시작했고 오히려 서우를 부러워하는 동료들이 늘어났고 말 한마디가 전화위복이 되어 빛을 볼 날이 있구나 하고 고참병들과 서우 동료들은 놀리기도 했다.

나중에 알고 보니 사단장님은 독실한 신자로 서울 큰 교회의 장로님이셨다.

정말 자유가 통제되었던 시절 서우가 가장 울며 기도했던 시절이 군대 시절이 아니었나 생각하곤 한다. 그때는 교회에 가 엎드리면 마음으로부터 복 바쳐 오는 고통들이 통곡이 되어 눈물바다를 이루었던 것 같았다. 예수님도 십자가에 못 박히시기 전날 이 고통을 비켜

갈 수만 있으면 비켜가게 해달라고 하나님께 기도하셨던 것처럼 군대에서 자유롭지 못했던 고통은 그런 심정이었던 것 같다.

아마도 부모님의 간절한 소망의 기도가 하늘에 상달된 지 모른다고 서우는 생각해 보곤 한다.

서우는 문득 마리아 생각을 해 본다.

언젠가 마리아와 우연히 교회를 간일이 있었다. 눈물을 흘리며 기도하던 마리아, 그렇게 간절히 기도하는 모습을 본 일이 없었다. 눈물이 범벅이 되어 울면서 기도하던 마리아.

무슨 소원을 빌었는지 물어볼 수 없었다. 너무도 경건하게 진심으로 눈물을 펑펑 흘리며 통곡으로 기도하던 그가 생각난다.

너무도 경건하게 간절히 기도하는 그의 모습 때문에 무슨 기도를 그렇게 간절하게 했는지 물어보기가 미안했다. 왜 그 당시 그렇게 눈물을 흘리며 기도했었는지 이제야 느껴진다.

자신이 가야 할 곳을 마리아는 예측하고 있었으니 얼마나 마음이 아팠을까.

죽음을 눈앞에 둔 간절한 소망의 기도를 겪어보지 않은 사람치고는 누가 그 고통을 실감할 수 있을까?

사랑하는 사람을 옆에 두고 언젠가는 떠나야 했던 마리아의 심정은 어떠했을까? 언제 닥쳐올지 모르는 죽음을 알고 있었던 마리아.

서우는 지금도 그때 눈물로 범벅이 되어 기도하던 마리아를 생각하면 가슴이 멍해지며 마음이 아파 무슨 말을 할지 모른다. 지금 와서 생각하면 그의 아픈 마음을 조금도 달래주지 못했던 미련하고 우둔했던 자신을 힐책한다.

인간은 누구나 죽는다.

아무리 문명이 발전하고 과학이 발달한다 해도 이 진리는 변할 수 없다.

인간에게 정해진 죽음은 돈이 많은 사람이건 위대한 영웅이건 그 어느 누구도 거부할 수 없다.

죽음 앞에는 서열이 없다. 나이가 많다고 빨리 죽거나 어린아이라고 무한정 사는 것이 아니다.

어떤 사람이든지 죽음을 맞이하게 된다.

많은 대다수의 사람들은 삶을 위해서는 많은 것을 준비하고 계획하고 자신의 온 정열을 쏟아가며 살아가고 있다.

그러나 정작 죽음에 대해서는 의식적으로 피하고 있는 경우가 많다. 마음에는 영원히 살고 싶어 하는 염원과 죽음에 대해서는 마음 깊이 두려움들을 가지고 있기 때문일 것이다.

모리스 롤링스(Maurice Rawlings)는 "역사를 통하여 인간은 그가 틀림없이 죽게 된다는 것을 알고 있는 유일한 피조물이지만, 마지막 순간까지 그것을 믿으려고 하지 않기 때문에 인간은 그 마지막 때를 대비하지 못한다." 라고 한 말이 생각난다.

무엇보다 갑작스런 죽음은 개인뿐만 아니라 가족 전체에게 미치게 하며 큰 상처와 아픔을 가져 다 준다.

마리아는 자신의 죽음을 눈앞에 두고 얼마나 간절한 마음으로 기도를 했을까?

 서우도 군 복무시절 어려웠던 시절 눈물이 범벅이 되어 기도했던 적이 있지만 마리아의 죽음 앞에 둔 기도에 근처도 가지 못했으리라 생각해본다.

 하물며 사랑하는 사람을 옆에 두고 말하지도 못하고 혼자만 마음에 담고 가야했던 마리아의 심정을 얼마나 느낄 수 있겠는가. 본인이 겪어보지 않고는 누구도 그 아픔을 말할 수 없고 느낄 수 없다.

 멀리 자동차들이 고속도로를 향해 질주하며 어디론가 달려가고 있다. 그 곳에는 어떤 사연들을 싣고 달리고 있을까.

서우는 아침에 눈을 뜨면 무릎을 꿇고 기도부터 한다. 아마도 서우 아버지가 매일 하시던 그것을 보고 자라서일까. 서우는 어려서부터 항상 아침이면 기도하시고 성경을 한 구절 보셔야 일과를 시작하는 아버지를 보며 어떤 때는 답답하기도 했었다. 그런 것을 서우가 하고 있는 것이다. 습관처럼 계속된 일과다. 어려서부터 보고 자란 것은 자기도 모르게 몸에 밴다는 말이 딱 맞는 것 같다. 아버지가 걸어온 길을 자신도 모르게 따라 하고 있는 것을 보며 새삼 놀란다.

오늘 제자로부터 주례 부탁을 받은 날이다. 한 번도 결혼을 해 보지 못한 서우에게 결혼 주례를 부탁할 때마다 서우는 정말 부담스럽다. 그러나 제자들의 부탁을 거절할 수 없다. 교직 생활을 했다는 이유로 종종 제자들로부터 주례 부탁을 받는다. 옛날은 국회의원이나 정치인들이 많이 하던 주례가 정치인들에게 못 하게 함으로서 제자들을 둔 선생님들 차지가 되었다.

차를 보내 준다는 제자의 말을 전화로 받았다. 요새는 세상이 달라져 주례 없이 자기들끼리 결혼을 한다는 말을 들었다. 경건한 맛은 사라지고 장난스런 행위로 변하고 있음을 본다. 그래서 그럴까? 주례 서기가 겁이 난다. 이혼도 너무 쉽게 이루어진다.

언젠가 신문에서 본 일이 있다.

일본 여자들은 결혼한 후에는 말할 수 없이 남편에게 순종하며 살다가, 남자가 퇴직하는 날 이혼서류를 내민단다. 퇴직금을 나눌 수 있기 때문이란다. 우리나라도 최근에 와서는 이혼율이 급속도로 늘어남을 신문에서 본 일이 있다. 직장을 가진 여자들이 많이 늘어나면서 자신의 권리를 찾는데서 오는 현상이 아닐까?

부부란 무엇일까. 한평생 머리가 파뿌리가 되도록 사랑하겠노라고 약속하고는 갈라서는 부부들. 우리나라도 이혼율이 점점 높아가고 있다.

맞벌이 부부가 늘어나면서 여자들도 일을 하게 되면서 경제적으로 동등한 관계에 있게 된 결과라고 말하는 이들이 많다. 우리나라도 선진국처럼 이혼율이 높아지고 있다. 그리고 젊은 사람들은 자녀두기를 꺼려한다. 교육시킨다는 것도 어려워졌지만 아무리 맞벌이 부부가 되어 직장을 다녀도 희망이 보이지 않는다는 것이다. 15년을 직장 생활하며 한 푼도 쓰지 않고 저축을 해도 서울에 보금자리를 마련하기 어렵다고 한다. 평생 회사를 다녀 벌어도 보금자리 주택을 마련한다는 것은 하늘의 별 따기가 되어 버렸고 자식들에게 자기인생을 맡기고 허비할 수 없다는 것이다. 자식하나 교육시킬 수 없는 사회가되어 버렸고 희망이 보이지 않는 것이다.

정부는 여러 정책으로 자녀 많이 갖기를 권장하지만 출생률은 점점 줄어들고 있다. 한때 서우가 어렸을 때는 둘만 낳아 잘 기르자는 표어로 산아제한 정책을 쓰기고 했다. 먹고살기 힘든 때였다. 세상은 이렇게 변하고 있다. 근본적인 국가의 대책이 지방마다 세워지고 각종 혜택을 부여하지만 나아지는 기미는 좀처럼 보이지 않고 있다. 절실하고 계획된 연구와 대책이 필요하다.

서우가 퇴직을 하고는 한 달간은 매일 습관적으로 출근 준비를 했었다. 습관적으로 이루어지는 행위가 몸에 배어 쉽게 고쳐지지 않았다. 자다가도 경기하듯 습관적으로 출근 준비를 하곤 했다

눈을 뜨고 할 일이 없다는 것은 서우에게는 괴로움과 악몽이었다. 그러나 노인들에게 주어지는 일자리를 갖는다는 것은 그리 쉽지 않았다.

누군가 말했던가. "날아가는 새가 뒤를 돌아보는 것은 이미 죽은 새나 마찬가지라고."

어느 친구가 보내 준 글이다.

그러나 나이 먹은 사람들은 추억에만 매달려 있다. 그래서 그런지 지나간 과거는 잘 기억하고 있는데 현실적인 이야기는 뒤만 돌아서도 잊어버리고 만다.

아마도 미래에 대한 꿈과 희망이 없기 때문일 것이다.

서우는 제자가 보내준 차를 타고 서울 유람선 선착장으로 갔다. 지금은 이렇게 유람선을 타고 배 안에서 유람을 하며 결혼식을 올리는 사람들이 많단다.

정말 시대는 많이 변해가고 있다. 서우가 젊은 시절에는 생각지도

못했던 일이다. 많은 제자들이 서우에게 몰려와 인사를 하고 안부를 묻는다.

서우는 제자들을 보면서 느낀다. 세상을 살아가는 데는 학교 성적 순이 아니라는 사실을. 서우가 만나는 제자들을 보면 학교생활에서는 정말 공부하지 않고 문제만 일으키던 악동들이 더 사회적으로는 잘 되어 있는 제자들을 보며 느낀다. 그리고 공부만 하던 녀석들보다는 더 사람의 정이 느껴지고 애틋한 정감을 느끼게 하는 친구들이 많은 것을 느낄 때가 있다.

서우는 사회자가 지정해 주는 주례석에 앉았다. 무슨 말로 처음 시작되는 젊은 부부에게 메시지를 던져야 할까 생각해본다. 신랑 신부의 맞절이 있고 서우는 주례를 한다.

어느 철인의 이야기를 한다.
"하나의 끝은 하나의 시작이며, 한가지 끝나는 그곳에 새로운 출발이 있다."

새로 가정을 꾸미는 신랑 신부는 화목한 가정을 꾸리기 위해 서로 노력하고 사랑을 실천하는 부부가 되기를 당부해 본다.

사랑한다는 말처럼 아름다운 말이 어디 있으랴. 서우는 한 쌍의 부부를 보면서 마리아를 생각해본다. 지금 서 있는 저 자리에 마리아가 다소곳이 서 있음을 상기해본다.

서우는 결혼식 피로연을 뒤로 한 채 유람선 난간에서 멀리 길게 흐르는 한강을 바라보았다.

이 한강은 아마도 우리나라의 숱한 역사를 안고 지금까지 흘러왔고 앞으로도 흐르리라.

서우는 배가 선착장에 당도하자 배에서 내렸다. 유람선을 타고 결혼을 한다는 것은 서우에게는 왠지 모르게 길디 긴 재미없는 여행을 하는 기분이었다.

왠지 모르게 이곳을 빨리 벗어나고 싶었다.

서우는 한강주변으로 길게 이어나간 둑길을 걸으며 마리아에게 말해본다.

이젠 나를 그만 놓아 달라고 간절히 말하면 말할수록 마리아의 영상은 서우의 마음속에 더 넓게 깊게 와 박히고 있다.

서우는 마리아의 환상을 지우려 몸부림쳐 본다. 몸부림칠수록 그의 영상은 더 크게 다가온다.

서우는 한강 둑길을 걸으며 숱한 역사와 함께 변화되어 온 한강을 본다. 한때는 추위와 함께 한강이 얼기도 했지만 그런 날을 요사이는 보기 힘들어졌다. 6.25가 났을 때 정치인들은 다 도망가면서 안심하라고 국민들을 속이고 이 한강을 폭파하기도 했다. 그런 한강이 지금은 잘 정돈되어 있고 주변은 아파트와 놀이시설과 공원으로 꾸며졌고 여러 개의 다리들이 더 놓아지고 아름다운 다리로 변화되고 있다. 우리나라의 경제 발전을 두고 외국 사람들은 한강의 기적이라고 말하곤 한다. 정말 한강은 많이 변하고 있다.

서우는 큰 길로 나와 버스들이 왕래하는 정거장으로 향했다. 얼마 후 서우가 타려던 버스가 당도했다. 많은 사람들이 타고 내렸다. 서우가 학교 다니던 시절에는 안내원(차장)들이 있었디. 좁은 버스로 나이 어린 처녀들이 안내원이 되어 사람들을 밀어 넣기도 했다. 지나간 추억이기도 했다. 지금의 학생들이 보면 어떻게 생각할까. 우리가 살던 그 시대에는 응당 그렇게 사는 것이 인간의 삶이라 생각했다. 어떻게 보면 이런 것도 지금은 추억이 되어 되돌아오고 있다. 잘 살지 못했던 그 시절이 더 정감이 가고 있다. 늙었다는 증거일 것이다.

버스에 몸을 실었다. 멀리 흑석동의 그녀의 집이 서우의 눈에 와 맴돌고 있다.

버스는 잘 정돈된 많은 빌딩들이 즐비한 거리를 지나 명동을 지나고 있다. 갑자기 많은 사람들이 몰려오고 왁자지껄하고 소란스럽다.

서우가 지금까지 살아오는 동안 궐기 대회라든가 데모는 그칠 날이 없는 듯하다. 무슨 데모가 그리 많은지, 해결되지 않는 일은 모두 합해진 힘으로 해결하려 든다. 법이 무색할 때가 많다. 어쩌다 이렇게 된 것일까?

서우는 버스에서 내려 남산 쪽으로 발길을 옮긴다. 숱한 우리의 역사와 함께 이어온 남산, 서우는 남산길이 좋다. 마리아와 걸었던 추억들을 상기해본다. 언제쯤이 되어야 내 꿈속에서 나를 찾을 수 있을까?

서우는 남산에 연인들이 서로 사랑을 변치 말자고 꼭 잠가놓고 매달아 놓은 열쇠들을 물끄러미 바라본다. 변치 말자는 사랑의 징표, 무슨 의미가 있을까. 모든 것은 서로의 마음에 걸려있는 열쇠가 중요한 것이 아닐까?

서우는 쓴 웃음을 지으며 걸어 내려온다. 내려오면서 남대문 시장으로 들어섰다. 생존경쟁, 오직 살기 위해 몸부림치는 서민들의 애환, 삶의 현장을 보며 이것이 사는 곳이구나 느낀다.

서우가 사회인이 되어 자주 다녔던 소공동으로 들어섰다. 이곳을 가끔 가게 된 것은 친했던 대학 동창이 이 속에서 근무했고 막연히 서우도 이런 속에서 근무해 봤으면 좋겠다. 생각하며 찾았던 거리다. 높다란 빌딩 숲, 정말 우리나라가 얼마나 잘 살게 되었는지 실감하며 느끼게 한다. 다정한 연인들이 팔짱을 낀 채 서우 앞을 지나가며 속삭이고 있다. 정말 아름다운 그림 같은 풍경이다.

서우에게도 저런 시절이 있었던가 생각해 본다.

마리아가 미치도록 보고 싶다. 어서 빨리 그곳으로 가고 싶다고 서우는 생각한다.

서우는 중얼거려본다.

"마리아, 당신이 있는 그 곳에서는 절대 아프지 마. 그리고 행복하게 이 세상에서 다 못한 행복을 누리고 있어야 해. 우리 꼭 다시 만나게 될 거야. 다만 마리아가 나보다 먼저 가 있을 뿐이야. 우린 꼭 만나야 될 거야. 내가 얼마나 마리아만 보며 살아왔는지 잘 알고 있지? 그곳에서는 신이 우리를 갈라 놓치는 않을 거야."

마리아의 환한 미소가 서우에게 다가오고 있었다.

서우는 말없이 다가오는 마리아의 환상을 부여잡고 몸부림친다.

난 왜 이렇게 한 여자만을 바라보며 살아왔을까? 서우는 마음으로 외쳐본다. 절대 후회는 하지 말자. 나의 마음속에 어떤 여자가 들어올 수 있단 말인가? 마음 한구석에 작은 빈틈도 비워둘 수 없다.

나의 모든 것은 마리아의 것이다. 앞으로 남은 여생도 그렇게 살아왔고 그렇게 살 것이다.

서우는 나이가 들수록 더 짙은 외로움을 느낀다. 어떤 때는 이것을

이기지 못해 한없이 몸부림친 적이 그 얼마인가.

서우는 인천으로 달리는 전철 속에서 이곳에 얽힌 사람들과의 관계를 생각한다. 인간관계, 결코 혼자서는 살 수 없음을 느끼게 한다. 사회란 혼자서는 살 수 없다. 싫든 좋든 공동사회에서는 여러 사람들과 어울려 살아야만 한다. 그것이 인간이 살아가는 사회인 것이다.

서우는 오늘도 혼자 있어야 하는 작은 공간에 서있다. 이 공간에서 얼마나 더 사는지 모른다. 나만이 어느 누구의 간섭도 없이 마음껏 누릴 수 있는 공간에서 서성이고 있다. 어떤 친구들은 말한다. 부부가 늙어서 사는 것은 다 그렇고 그래. 각자 생활이고 제각기 방도 따로 쓰는 친구들이 많다고 한다. 혼자 사는 것이 자유롭다고 위로하기도 한다. 그러나 혼자 산다는 것은 외로움이고 방황이다.

서우는 멀리 펼쳐진 인천대교로 넘어가는 석양을 보고 있다.

서우가 살고 있는 아파트 길 건너 동양화학 공장이 보이고 그 공장 옆으로 달동네가 밀집되어 있다. 어떻게 서로 공존하는 사회에서 이렇게 대조를 이루고 있을까?

서우가 보냈던 학창시절 송림동 시장처럼 옹기종기 한사람 두 사람 겨우 비켜갈 만한 그 골목으로 이발소 간판이 보인다.

언젠가 서우가 이 이발소가 너무 정겨워 들른 적이 있다.

옛날 60년대 그대로였다. 이발소 아저씨는 이곳에서만 50년을 이발을 하셨다고 하셨다. 그리고 자신의 직업에 자부심을 가지고 자신을 자랑하고 계셨다.

서우가 묻지도 않았는데, 이래 봬도 내가 구청 신문에 모범 이발소로 소개되었던 이발소라고 자랑스럽게 몇 번을 반복해서 이야기했다. 그리고 오래된 빛바랜 낡은 구청 신문에 자신의 모습이 소개된 신문을 오려 낡은 액자에 넣어 벽 한쪽 면에 걸려 있었다.

자랑을 누가 시키지 않았는데도 늘어놓았다. 이발 실력은 그리 신통치 못했다. 서우는 이발을 했지만 옛날 군에서 하던 이발 같아 다른 이발소에서 다시 머리를 손질했다. 정말 골목 안은 정겹기도 했다. 우리나라 60년대 말처럼 한사람 비켜 다닐만한 길들이 골목골목 나있어 한참을 걸어봤다.

이곳에 다 늦은 저녁 어느 봉사 단체에서 보낸 연탄이 배달되고 있었다. 봉사하는 사람들은 남을 도울 수 있다는 기쁜 마음에 마냥 즐거운 것 같았다.

골목에 한 줄로 쭉 늘어서서 손에서 손으로 연탄들이 한 아름씩 이어져 골목골목 연탄이 날아가고 있었다. 얼굴과 얼굴에 연탄재로 뒤범벅이 되었는데도 마냥 즐거운 표정들이었다. 남을 도와줄 수 있다는 것은 기쁨이다.

문득 영화배우 '오드리 햅번'의 말이 생각난다.

아침마다 기도한다. 하나씩 늘어가는 주름을 보기보다 네 손과 몸이 무엇에 쓰이는 게 옳은지 발견하는 하루가 되어 달라고. 네가 나이 들면 네 손이 두 개라는 것을 발견하게 된다.

한 손은 네 스스로 돕는 손이고 다른 하나는 남을 돕는 손이다.

마음처럼 아름다운 배우가 부럽다. 나도 남을 도와주는 자리에 있어야한다고 서우는 다짐한다.

지금 우리나라가 이렇게 잘 살게 되었는데도 길하나 건너 이렇게 다른 마을이 살아가고 있다.

서우는 연탄만 보면 옛날 생각이 났다.

서우가 고등학교 시절 어머니가 아들이 추울까봐 연탄을 갈고 들어 가셨는데 방 틈으로 연탄가스가 스며들어 의식을 잃고 쓰러져 어머니가 퍼 주신 동치미 국물을 마시고 깨어난 적이 있었다. 그 시절에는 연탄가스에 중독되면 민간 처방제가 동치미 국물이었다.

참 어려웠던 시절 아침에 자고 나면 방 전체가 성에로 뒤 덮여 있어 성에 긁어내는 일도 일과 중 하나였다.

서우 시대 사람들은 연탄이 향수를 불러다 주기도 한다.

그런 연탄이 다시 활기를 띠게 한 것은 서민들에게는 만만치 않은 연료비가 문제가 된 것 같다.

서우네도 겨울만 되면 연탄을 수백 장씩 좁은 부엌 한구석에 쌓아놓아야만 월동준비가 되었고 어머니는 안심했다. 서우에게는 정겨운 느낌을 줄는지 몰라도 이런 생활을 해야 하는 이들은 얼마나 마음이 아플까 생각하게 한다.

봉사자들이 배달하는 연탄은 밤늦게까지 작업이 이루어졌다. 얼굴은 연탄으로 얼룩져 있지만 봉사하는 젊은이들은 모두 즐거운 표정들이다.

이렇게 서로 어울려 사는 사회가 우리나라 전체로 퍼져 나갈 때 서로가 서로를 위로하는 사회가 되지 않을까?

이런 일들이 기쁨이 넘쳐서 우리 모두가 가난하고 어려운 이웃들을 생각할 때 국가는 더 발전되고 아름다운 사회가 되리라 서우는 혼자 중얼거려 보고 있다.

서우는 아무도 없는 집안에서 혼자 중얼거리고 혼자 대답한다. 이것이 습관화된 지 오래다.

짙은 고독감이 몰려온다. 이럴 때 서우는 누구에게도 말 못할 외로움으로 온몸을 떤다. 혼자 산다는 것은 무엇일까? 서우는 저 서해로 넘어가는 지는 해와 같다. 사람들은 동녘에 떠오르는 해를 보기 위해 정동진을 가기도 하지만 석양의 노을을 우정 보기 위해 가는 이들은 그리 많지 않다.

노년은 누구나 외롭다. 혼자 살건 두 부부가 살건 외로운 건 마찬가지다. 어차피 나이들은 사람들에게는 꿈과 희망보다는 과거에 묻혀 사는 이들이 더 많기 때문이다. 그래도 어쩌랴 살아가야지, 사계절이 어김없이 바뀌듯 우리 인생살이도 한 치의 오차도 없이 바뀌어 간다. 사계절 중 겨울은 노년의 계절이라고 한다. 모든 게 다 시들어 버리고 앙상한 겨울나무에 흰 눈송이만 쌓이고 생명의 흔적은 메말라 버린 나무들 속에서 눈송이들이 말없이 떨어지고 있다.

서우는 한없이 외로움을 느낀다. 무엇에 희망을 걸고 살아야할까? 서우는 아무도 없는 거실을 혼자 서성이다 마음속으로 소리쳐본다. 그래도 살아야지.

서우가 텔레비전을 튼 순간 긴급 뉴스로 오청성이란 JSA에 근무하는 북한군이 여러 군데 총상을 입으면서 남으로 귀순을 했다는 뉴스가 나오고 있었다. JSA에 근무하는 병사는 북한에서는 가장 당성이 높고 좋은 집안의 자제들만 근무하는 지역인데 북한 지역에서는 미치는 영향이 컸을 것이다. 귀순 동기는 확실하지는 않지만 조국의 열악한 상황을 개탄하여 귀순을 결심했다고 한다. 판문점을 거쳐 오청성씨가 남으로 귀순하는 과정이 반복해서 나오고 있다. 이 병사는 수원 아주대 병원에 입원하는 과정이 숨 가쁘게 돌아가고 있었다.

서우는 7살이던 그때 어머니 손에 이끌려 남한으로 탈출하던 그 시절이 이렇게 오랜 세월이 지났는데도 지금도 되풀이되고 있다는 현실에 마음이 아팠다.

남으로 귀순할 때 여러 발의 총탄이 관통했는데도 살아 있다는 것은 기적이었다.

이 병원에는 "이국종" 교수가 외상 센터에 근무함으로서 살아났는지 모른다.

어려운 환경 속에서도 묵묵히 자신의 자리를 지키는 이국종 의사 같은 분이 있는 한 우리나라의 앞날도 밝으리라 생각한다.

이국종 교수는 우리나라의 외상센터에 대해서 말하고 있다. 예산 총액은 늘어나고 있는지 모르지만 제대로 배분이 되어서 현장에까지 침투되는지 묻고 싶다고 말하면서 모두 다 "이국종" 예산이라는데 피눈물이 난다고 호소하고 있다.

이국종 교수는 오청성 귀순자에게 한 말이 있다.

당신의 몸속에는 12000cc의 대한민국의 피가 흐르고 있다. 자유의 땅에서 하고픈 일을 마음껏 펼치라고 말하고 있다.

정말 생각하면 자유란 느껴 보지 못한 사람에게는 그 고마움을 알 수 없다. 이 귀순 병사는 얼마나 자유에 대해서 갈망했을까?

서우는 마음까지 아려온다.

귀순용사는 연합통신 앞에서 대한민국에 귀순함을 정확히 밝혔고 법학을 공부하고 싶다는 의사도 말했다고 한다.
 그리고 자신이 받은 것처럼 수혈도 열심히 하고 세금도 많이 내겠다고 했단다.
 서우는 마음속으로 말하고 있다.
 대한민국의 수많은 의사들 그 속에서 이국종 교수 같은 분들이 정말 많이 배출되어 묵묵히 자신의 자리에서 일하는 사람들을 알아주는 그런 사회가 되어야 한다고 중얼거려본다.
 서우는 생각해 본다.
 혼자 사는 독거노인들이 생각하는 것처럼 왜 이렇게 살아야하는지 그들의 각자 말 못할 외로움, 그리고 젊은 시절 열심히 일했지만 자신들에게 돌아온 건 불치의 병과 아무것도 남지 않은 현실들. 서우도 어느새 자신도 모르는 사이에 이 대열에 끼어있다.
 난 왜 한 평생을 한 여자만 바라보며 일상적인 남자들이 말하는 바보처럼 살아온 걸까?
 마리아, 내가 어쩌다 당신을 알게 되어 한평생 마음속에 다른 여자들이 비집고 들어갈 수 없는 깊은 골을 남겨 놓고 갔습니까? 신이 맺어놓고 가버린 마리아. 하늘나라에서는 내가 갈 자리인 마리아 옆이 비어 있겠지요.
 서우는 멍하니 창가 옆에서 하늘을 바라본다.
 흰 뭉게구름이 아름다운 그림을 그리며 나보란 듯이 흘러가고 있다. 저렇게 자유롭게 자신이 가고 싶은 하늘을 마음껏 다닐 수 있으면 얼마나 좋을까?

옆 골목길로 노란 유니폼으로 착용한 근로자 노인들이 무리를 지어 지나가고 있다.

그 옆으로 힘든 폐휴지를 한가득 실은 리어카를 할머니가 힘겹게 끌고 가고 있다. 이것이 현 어르신들의 한 단면이다. 저러면서 우리나라는 살아가고 있다.

서우는 생각을 돌려본다.

정말 언제쯤이나 꽹이부리 마을들이 사라지고 어른들도 삶의 질이 향상된 곳에서 사람답게 살아갈 날이 오게 될까. 서우는 우울함이 몰려오는 생각들을 구름에 실어 보내려 애써본다. 애쓰면 애쓸수록 더 선명하게 서우의 눈앞으로 크게 다가와 멈추어 버린다.

산다는 것은 힘겨운 일만은 아니겠지 하고 중얼거려본다. 서울의 수많은 빌딩 숲 그 속에는 모두 돈 많은 주인들이 있으리라. 그리고 이 밀집된 속에서 살아가는 노인들도 함께 공존하고 살아가고 있다.

서우는 하늘을 훨훨 나는 꿈을 꾸고 있다. 마리아가 손을 흔들며 달려오라고 손을 흔들고 있다.
"마리아, 거기 서있어. 나 숨이 차서 달려갈 수가 없어."
"그래도 달려 봐요!"
서우는 숨을 몰아쉬며 달려본다.
힘차게 달려도 마리아는 점점 멀어지고 있다.
"어서 오세요?"
마리아의 손짓은 점점 멀어지고 나중에는 아무것도 보이지 않고 있다. 서우는 종종 요사이 와서는 부쩍 꿈에 시달리고 있다.

서우는 제 자리에 멈추어 선다. 아, 나는 지금 무엇을 하고 있나. 망상에서 깨어나 자신을 돌아본다.
지금까지 난 무엇 때문에 살아온 것일까?
한 여자만을 바라보며 지금까지 달려온 자신을 바라보며 난 무엇인가를 생각해본다. 이것이 내 인생의 전부란 말인가.

따르릉 전화벨이 연이어 울렸다.

"여보세요? 서우 형님이세요?"

"네, 제가 서우입니다."

"저 형석입니다."

"아, 오랜만이네요?"

"찾아뵙고 싶은데 시간이 되나요?"

"정말 오랜만이네, 오세요!"

서우는 수화기를 놓고 후배 동료 형석 선생님을 생각해본다. 이 선생님은 정말 우리세대에는 마지막이라고 할 수 있는 효자 선생님이시다. 언젠가 아버지가 치매로 고생하신다고 직장까지 그만두고 아버지를 봉양한다는 소식을 들었었다.

요사이는 노인의 수명이 길어져서 인지 치매 환자가 계속 늘어나고 있고 사회 문제가 되고 있다.

서우는 자신을 생각해본다. 아마도 내가 치매에 걸리면 자동적으로 치매 요양소로 보내져 그 곳에서 일생의 마지막을 맞이하겠지. 제발 그렇게 최후를 맞이해서는 안 된다. 서우는 매일 아침 눈을 뜨면 기도한다. 하나님, 제발 잠자다 당신나라에 갈 수 있게 해 달라고. 수만 번 기도했을 것이다.

신은 서우의 기도를 들어 주실까?

의사들은 잠자다 죽는 것은 천운이라고 한다. 죽음의 복, 그것도 정말 큰 복이다.

초인종이 울렸다.

형석 동료 선생님과 악수를 한다.

"정말 오랜 만이네요?"

"형님두요?"

서우는 커피를 대접하며 근황을 물었다.

"아버님은 어떠신가요?"

"말이 아니죠. 치매가 이렇게 무서운 병인 줄은 몰랐어요."

형석 선생님은 조근 조근 이야기한다.

항상 아버지 옆에서 잠은 자고 있는데 늦은 밤에 자다보면 언제 일어나셨는지 거실 구석마다 소변을 아무데서나 보시고 대변도 생각나는데 아무데나 보시고 똥칠하시고 때론 집이 떠나가라 소리 지르고 정신이 들면 언제 그랬냐는 식으로 금방 식사하시고도 왜 밥 주지 않아? 너 이 애비 굶겨 죽일려고 한다고 호통을 치신단다.

하루 이틀이면 좋겠는데 연속적으로 매일 되풀이되는 생활이라 사람이 견디어 내기가 힘들다고 하소연한다. 그래도 요양병원으로 보내는 것은 고려장 치르는 것 같아 마음이 움직이지 않는단다.

우리나라가 처한 현실이다. 치매 문제는 날이 갈수록 심해질 것이다. 서우는 정신이 아득해 온다.

어쩌다 내가 여기까지 온 걸까? 사람들은 백세 시대가 되었다고 좋다고 하지만 현실적으로 노인들을 반가워하는 이들이 얼마나 될까?

서우는 실질적으로 노인 문제가 심각하다고 생각하며 적극적으로 국가가 대책을 내놓지 않고는 노인들의 치매 문제는 큰 사회문제가 될 것이라 생각해본다. 노인을 위한 복지제도가 옛날에는 상상할 수 없는 제도들이 나와서 실행되고 있지만 생각처럼 쉽게 해결되지 않고 노인들의 수명은 더욱 늘어 고령화시대가 되어가고 있다.

정말 형석 선생님은 우리 세대의 마지막 효자라고 생각해 본다. 다음 세대가 이 어려운 일을 누가 감당하려 할 것인가?

형석 선생님과 헤어진 3일 후 문자 메시지를 받았다. 그렇게 어려움에 고생시키던 형석의 아버님이 돌아가셨다는 부고를 받았다. 인간들은 너 나 할 것 없이 신이 부르시면 가야한다. 그러나 얼마나 세상에 나와서 보람된 일을 하다 가느냐가 중요하다.

서우는 오늘아침 대학원시절 논문을 심사하셨던 교수님의 소천 소식을 받았다. 이 나이가 되고 보니 들리는 소식은 모두 이별소식뿐이다. 교수님은 마지막 남은 모든 장기를 필요로 하는 분에게 써 달라고 대학에 기증하고 돌아가셨다는 소식을 들었다. 서우도 그렇게 하리라 생각하고 있다.

서우도 언젠가는 가야한다. 죽음은 어느 누구도 마음대로 할 수 없는 문제다. 언젠가는 가게 될 것이다.

서우는 생각해본다. 다시 내가 태어난다면 이런 내 생은 살지 말아야지. 그러나 그것이 다 사람의 마음먹은 대로 되는 것은 아니지 않는가?

서우는 말한다. 다시 태어난다면 헤어질 사랑은 하지 말아야지. 그러나 사람이 태어나 살아가는 과정에서 이루어지는 과정을 인간 마음대로 하는 것은 아니지 않은가? 신이 주어진 각본 속에서 살아가야만 한다. 인간의 삶이란 어쩔 수 없는 것이다. 아무리 발버둥 쳐 보아도 신의 계시를 거역할 수 없다.

서우는 마음이 울적하고 답답하고 아무것도 손에 잡히지 않을 때마다 동대문 시장을 가곤했다.

거기에 가면 참 인간의 생동감을 맛볼 수 있고 사람들의 살아가는 모습을 피부로 느낄 수 있다. 악착스럽게 앞만 보고 살아가는 그들의 모습에서 서우도 새로운 희망을 가지게 했다.

그 시장 사람들을 보면서 시장에 산더미처럼 쌓여 있는 수많은 물건들을 들쳐보며 걷고 있노라면 점점 나도 모르는 사이에 머리가 맑아지고 하얀 백지장으로 텅 빈 머리로 돌아가 새로운 가능성을 찾으며 돌아오곤 했다.

12시가 좀 지났을까. 서우는 아침도 걸렀지만 배고픔도 시장기도 느끼지 못했다. 아무렇게나 작업복을 걸쳐 입어도 누가 보는 사람도 없다. 동대문 시장을 목적 없이 걷고 있었다.

"천원에 세 켤레! 천원에 세 켤레!" 스타킹을 늘렸다 잡아당겼다 하며 소리치는 아지씨가 호소력 있게 소리치고 있었다. 유닌히 돋보이는 아저씨 주변으로 많은 사람들이 모여들었다. 인물도 잘 생긴 편이었고 스타킹이나 팔기에는 아까운 인물이었다. 얼굴이 이목구비가 뚜렷하고 잘 생겼다. 잘 생긴 모습으로만 본다면 영화배우가 되어도 손색이 없을 듯한 얼굴 모습이다.

"이건 얼마예요?"

많은 사람들 속에서 유난히 큰 목소리가 들려왔다.

"천원에 세 켤레! 천원에 세 켤레!"

남자는 쳐다보지도 않고 계속 소리치고 있었다.

"천원에 세 켤레!"

"저리 가지 못해! 재수 없게 저리 가지 못해! 오늘 내 장사 다 망쳐 놓으려 하나!"

남자는 버럭 소리를 질렀다. 승우는 그제야 남자의 뒤에서 히죽거리고 있는 여자를 발견했다.

"저리 가지 못해! 미치면 곱게 미치지. 젊은 여자가 왜 저렇게 미쳐 가지고 거지꼴로 다니는지 모르겠다." 고 수근 거렸다.

서우는 그 미친 여자가 안쓰럽고 불쌍했다.

"배고프지 않아요?"

여자는 흐린 눈으로 히죽 거리며 서우를 쳐다보았다. 서우는 그 여자를 끌고 빈대떡과 곱창과 머리 고기를 팔고 있는 곳으로 데리고 가 한 아름 먹을 것을 사주었다. 그 여자는 새까만 손으로 한 움큼 쥐고 입이 터져라 우악스럽게 터져라 입속으로 욱여넣었다. 체할까 겁이 났다. 좀 천천히 먹으라고 서우는 달래주었지만 그 여자는 먹는 것을 멈추지 않았다.

빈대떡 아줌마의 말에 의하면 어려운 형편에 대학도 다녔는데 그가 사랑한 남자에게 학비를 대기위해 자신의 학업도 포기했다고. 그리고는 남자의 학비를 벌기위해 안 해본 일이 없을 정도로 돈이 되는 일은 다하며 남자의 학비를 대주며 고생했다고 한다. 그 남자는 졸업과 동시에, 그가 사랑한 남자는 다른 여자와 사랑에 빠져 미국으로 도망가 버렸다는 것이었다. 그 충격으로 정신이 나가 집을 나와 동대문 바닥에서 미쳐 돌아다닌다는 것이었다.

서우는 이 소리를 듣는 순간 마음이 확 막혀오는 충격을 느끼며 얼마나 사랑했으면 정신이 돌았을까? 사람은 큰 충격에 빠지면 정신이 나갈 수도 있구나 하고 생각하면서 자신도 모르게 중얼거렸다.

"나쁜 자식."

빈대떡 파는 아줌마가 말했다.

"그 여자를 잘 아세요? 친척이라도 되우?"

"아니요, 오늘 처음 만났는데요?"

"어휴… 인정도 많지." "얼굴도 곱상한 미인인 것 같은데 어쩌다 저렇게 미쳐 가지고, 남자 놈들은 하나같이 도둑놈 심보들 이랑께."

사람은 어떤 경우에 정신 나가게 되어 미치는 현상이 일어나는 것일까? 얼마나 한 삶에 모든 걸 걸고 집착된 삶이기에 이렇게 정신이 나가 떠돌게 되는 것일까? 인간의 남녀 간의 진정한 사랑이란 무엇일까? 혼자 반문하며 한참을 헤매다 발길을 돌린다.

서우는 그 길로 시장을 빠져나와 집으로 가는 전철에 몸을 실었다. 퇴근 시간과 맞물려 전철 안은 혼잡하였다. 서우는 자신도 모르게 온몸이 맥이 풀리고 그 자리에 쓰러질 깃 같다.

한참 만에 전철에서 내려 걸어가다 집 앞 공원 벤치에서 쉬어 가기로 했다.

서우는 눈을 감고 꿈을 꾸고 있었다.

꿈은 현실과 동떨어져 있어도 아름답다. 꿈속에서 마리아의 얼굴을 보았다. 마리아가 멀리서 손짓하고 있다.

"서우 씨 빨리 오세요!"

서우는 마리아를 향해 달려본다. 아무리 달려도 제 자리에서 움직일 줄을 모른다. 서우는 불안스럽고 이러다 마리아를 놓치면 어쩌나 하는 조바심에 더욱 힘을 내어 달려본다. 아무리 달려도 제자리에서 움직일 줄을 모른다. 왈칵 눈물이 나고 어쩔 줄 몰라 한다.

서우가 처음 마리아를 만났던 날처럼 하늘에서는 함박눈이 내리고 있었다. 눈송이는 점점 커져 어린아이 주먹처럼 크게 내려 온 세상을 하얀 세상으로 만들고 있었다. 멀리서 마리아가 어서 오라고 손짓한다. 서우는 달리다 힘없이 그 자리에 쓰러졌다. 아무리 달려 봐도 제자리에서 벗어날 수가 없다. 온 힘을 다해 마리아에게 기어갔다.

옛날 군대시절 각개전투장에서 사력을 다해 숨을 헐떡거리며 힘차게 기어나가던 그 힘으로 있는 힘을 다해 기었다. 무릎이 까지고 팔꿈치에서 피가 나도 있는 힘을 다해 기었다.

마리아의 손이 닿을 듯 닿을 듯 마리아가 온 힘을 다해 손을 휘저으며 뻗쳐 왔다. 서우도 있는 힘을 다해서 기어가며 손을 힘껏 뻗어본다. 손은 손끝에 닿을 것 같으면서도 닿지 않았다.

눈은 계속 내리고 있다. 서우는 울먹인다. 마리아! 마리아! 서우가 넘어진 그 자리에는 함박눈이 쌓이기 시작한다. 눈은 계속 쌓여 갔다. 아마도 언젠가는 누구의 손길에 발견되겠지. 서우는 그의 손끝에서 마리아의 차디찬 손끝의 감각을 확인한다. 서우는 처음으로 아름다운 미소를 보낸다. 마리아! 우리 이제는 이 손 놓지 말자. 다시는 헤어지지 말자. 마리아가 환한 미소로 답한다.

하얀 눈은 계속 내려 둘을 덮으며 하나의 무덤을 만들어 가고 있었다. 누군가 소리쳤다. 여기 노인 한 분이 쓰러져 있어요. 여기저기서 웅성거리며 삽시간에 많은 사람들이 모여들었다.

이 추운 날씨에 어쩌다 공원에서 잠이 들게 뭐람… 사람들은 더 웅성거리며 삽시간에 많은 사람들이 모여들었다.

어쩌다 공원 벤치에서 잠들다 돌아가실게 뭐람… 이 추운 날씨에……

얼마나 지났을까?

119 구급차가 요란한 사이렌을 울리며 도착하였다. 구급 요원들이 눈을 헤치고 인공호흡을 하며 열심히 주물렀지만 효력이 없다. 이미 눈을 감으셨나 보네. 긴 사이렌 소리를 내며 앰뷸란스는 병원으로 달려가기 시작했다. 모여 들었던 군중들도 하나둘 아무런 일도 일어나지 않은 것처럼 자신의 갈 길로 가기 시작하였다. 공원 건너 서우가 살고 있는 주인을 잃은 아파트의 불이 반짝이고 있었다.

수필·시

내 작은 낙서

※ 내 작은 낙서가 때론 사람들의 마음에 큰 파문을 일으킬 때가 있다.
그래서 난 이 글들을 모아 보았다.

한 해의 흔적들

또 시간들은 흔적들을 지우며 흘러가고 있습니다.

우리는 한 해를 보낼 적마다 많은 생각을 하게 합니다. 좋은 말보다는 다른 이들에게 상처를 주는 쓸데없는 말들을 더 많이 하며 살았던 것 같습니다.

이 흔적들을 지울 수만 있다면 다 지워 버리고 싶습니다.

내가 했던 끝없는 생각과 수많은 말들은 지금쯤 어디로 흘러가고 있을까요? 아마도 누군가의 가슴에 스며들어 많은 생각과 상처를 남겨 놓고 다시 되돌아 고스란히 나에게로 와 내 가슴 속에 파고들어 내가 상처 주었던 그대로 내 마음에 들어와 마음만 아프게 하고 있네요. 누군가에게 조금이라도 희망과 기쁨을 주는 말을 했다면 그 받은 사람은 희망과 기쁨으로 자신의 마음속에서 설렘을 가지고 다른 이들에게 희망과 꿈을 주겠지요?

"아름다운 사람들의 밝은 이야기" 중에 글이 생각나네요.

"내가 마지막으로 그대 가슴에 남을 때에는 올라갈 때가 아니라 내려갈 때로 남고 싶습니다."

"그러면 올라갈 때는 다른 이들과 같이 걷겠지만 내려갈 때는 나와 손잡고 걸을 수 있겠지요?"

덥다.

이렇게 더운 날은 베잠방이 겉옷 하나 걸치고 아무도 오지 않은 산속 길을 걸으며 내가 걸어온 흔적들을 지우며 걸었으면 좋겠다. 시골 우물가에서 등목으로 더위를 다 쓸어내리던 그 시절이 그립다.

다람쥐가 종종 달리고 산새가 재잘거리는 깊은 산속을 베잠방이 하나 걸치고 혼자만의 길을 걸어가고 있다.

우리가 가는 길은 누구나 가는 길입니다. 어떤 생각을 가지고 가느냐에 따라 가는 길도 달라지게 되어있습니다. 행복한 마음을 가지고 희망을 가지고 간다면 꿈과 희망이 보이는 길이 될 것입니다.

절망과 시련을 안고 간다면 그의 마음에는 시련과 아픔만 남는 길이 될 것입니다.

종착역은 새로운 희망을 줍니다.

다시 시작할 수 있기 때문입니다.

감사라는 말은 정말 아름답습니다.

항상 보잘것없는 우리들에게 있는 그대로 사랑해 주시는 주님은 정말 위대하십니다.

우리들도 주님처럼 저 자신을 보기를 갈망합니다. 주님의 마음으로 베푸는 삶을 살기를 원합니다.

세상 모든 이들에게 필요한 인간으로 살 수 있는 눈을 열어주시기를 원합니다. 가진 것에 만족하며 감사할 수 있는 마음이 전부이기를 원합니다. 잘못된 것은 흔적 없이 지우고 잘 된 일은 복원하여 하나님께 감사하며 살기를 원합니다.

하나님은 아무 때나 기도에 응답해 주시는 분이 아님을 알게 해 주십시오?

정해진 시간이 될 때에만 기도에 응답이 있음을 빨리 깨우치게 해주시기를 원합니다.

현재의 삶에 감사하며 최선을 다하겠다는 결심을 하며 버려야할 것들의 흔적을 지우게 해주십시오.

모든 것은 우리 마음에서부터 시작되는 것.

"그리움이 사랑되어"

그리움이 사랑이 되어
가슴 속 적셔오는 눈물

신기루처럼 소리 없이 흩어지는
세월 같은 사람아
오늘은
누구를 울리고 가려나.

앙상한 가슴 사이로
피멍처럼 다가오는 한은
누구의 눈물입니까?

저 언덕 넘어
임은 울고 있는데
눈물은 연민의 정이 되어
냉한 가슴 속에
한으로 메말라 버리고
차디 찬
안개만 피어오르고

앙상한 가슴 사이로
촉촉한 빗물이 흐르고
한이 서려 헛기침만 나오는데
오래된 나이테처럼
주름만 쌓여가는
저 깊은 계곡 흐르고 있는
피 맺힌 절규는
누구의 눈물입니까?

虛空(허공)

1.
나는 문득
어제 밤 꿈을 좇고 있었다.

한 수의사가 잘못 건드린
잘려가는 참나무의 꺾이우는 소리가
뚝 뚝 선명하게 들려오고 있었다.
나는 늪 속으로 빠져 허 우 적 거리고
잘려가는 참나무 끝에서 몽롱한 상태로
삶을 휘젓고 있었다.

2.
온통 하얀 들판을 헤치며
알맞게 잘 익은 뱀딸기를 찾고 있었다.
검게 물든 동그라미가 지워질까.
조심스럽게 발을 내딛고 있었다.
애타게 불어 오른 풍선이
산산이 터져 작은 먼지처럼 사라지고
여러 명의 수의사들이
터진 풍선을 맞추다 달아나고 있었다.

재잘거리는 한 떼의 새들은

햇빛을 쪼다 제각기 흩어지고 있었다.

잘려가는 참나무 소리는

작은 소리로 내 시야에서 멀어져 가고……

수술실에서

수술 병동
온통 하얀 벽으로 막혀버린 이곳
사자 한 마리가 쥐덫에 걸려 허우적거리고 있었다.
잘 룩 잘린 다리에
사육사들이 관객을 위해 동원되고 있었다.

횅한 두 눈가에 맺혀진 눈물이 흐르고
마음은
머 언-
푸른 숲으로 달리고 있었다.
호랑이와 토끼와 기린과 얼룩말과 코끼리가 있는
동료들 곁으로 달리고 있었다.

온통 하얀 벽뿐인 이 병동에
사자 한 마리가 신음하고 있다.
사육사들이 웃고 긴 채찍을 내려치며
나를 훈련시키고 있었다.

그러나
난

쥐덫에 걸려 꼼짝 못하는 병든 사자
달리고 싶다.
동료들이 손짓하는 저 푸른 들판으로
그리고
목이 터져라
외치고 호령하고 싶다.

더 멀리 더 세차게
달리고 싶다.

妄覺(망각)

내 삶이 살아 숨 쉬는 생명이라면
난
무엇을 위해
살고 있는가.

우짖는 종달새 한 마리가
계절을 알려주고 간 날
생각해 봤지
자그마한 하나의 생명을

작년에 기다리던 여름은 아직 멀었나보다.
강렬한 태양도 벌거숭이 어릴 적 친구들도
내 눈에는 보이지 않고 내 귀에는 아무 소리도
들리지 않았다.

아직도 계절은 그대로인데
난 추위에서 벗어나지 못하고 있다.

속으며 사는 게 인생이라고 누군가 말 했던가
되도록 정신 차리고

먼 꿈속에 사로잡히지 말아야지
환각에 사로잡히지 말아야 한다고
수 없이 다짐한다.

지울 수 없는 당신

수많은 꽃잎들이 모여
그리움만 남기고
마음은 가슴 깊숙이 아려오고
큰 상처만 남기고 간
지워지지 않는 당신 얼굴은
커다랗게 내 심장에 비수로 남아
지울 수 없는 당신

마음 한 구석에 깊숙이 자리 잡고
지워지지 않는 당신
지우려 해도 지우려 해도
더 선명하게 살아 움직이는 당신
어떻게 해야 지울 수 있을까요.

예쁜 꽃으로 태어나
들풀처럼 살다 간 당신

가난은 부끄러운 것이 아니라
조금 불편한 것이라고
일러주고 간 당신

눈보라 일던 그날처럼
세상에 버려진 들풀이라도
언젠가는 일어설 수 있다고
수 만 번 외치던 당신

오늘도
억세게 되살아나
움직이는 들풀 속에서
울먹이며 지워보려 애쓰고 있습니다.

웃는 연습

젊은 날은
웃을 일이 많았다.
낙엽이 떨어져 구르는 것만 봐도
웃었다.

이 나이가 돼서
웃을 일보다 슬프고 아픈 일이 더 많다.
그래서
웃는 연습을 하고 있다.

어린 아이가
아장 아장 걸음마 배우듯
웃는 연습을 하고 있다.

내 삶의 끝
마지막 역에서
목이 터져라 웃어야지.
그리고
슬퍼하지 말고
코믹한 영화 한편 틀어

목이 터져라 웃어달라고
유언 해야지.

집무실 창가에서

파아란 색깔로 물들인
집무실 창 넘어
높고 파란 저 하늘

수만 가지 색깔을 칠하며
마음은 소박한 그림으로
알 수 없는 그림들을 그려봅니다.

때론
거창한 생각도
소박한 꿈도
허망한 꿈도
하얀 도화지에 칠해봅니다.

칠하고 덧칠해도
이룰 수 없는 내 꿈으로
가슴 메이도록 울어봅니다.

누군가 알고 있을까요?
저리도 높이

칠하고 있는
한 폭의 수채화 그림을

소슬히
스쳐가는 가을바람에
이 마음을 날려 보지만
지우려 해도 지우려 해도
선명히 가슴속으로 다가오는
이 그림을
누군가
알고 있을까요?

나의 어머니

마음이 저리고 괴로움이 밀려오는 날
울적한 마음 달랠 수 없을 때
당신의 따스한 품이 그리워
조용히 불러보는 그리운 어머니

밤잠 오지 않는 날 지새도록
뒤척이며 방황하며, 긴긴밤 지새던 날
당신에게로 달려가 한없이 울고 싶은 어머니

자식이
다 자랐다고 내 말 안 듣고 속 썩이던 날
마음이 아려 괴로워하며 가슴 메이던 날
당신 품속으로 달려가고픈 어머니

양쪽 머리에
셀 수 없이 돋아나는 흰머리에 마음 쓰이던 날
당신이 너무 그리워 울고 싶던 날
목이 터지도록 소리쳐 부르고 싶은 어머니

주름으로 얼룩진 손끝으로 흰머리를 쓸어 올리시며

오직 이 자식만을 위해 간절히 눈물 훔치며
기도하시던 그 모습이 생각나
늦은 후에야 통곡하며 불러봅니다.
그리운 어머니

어머니
어머니
어머니
메아리 되어 돌아오도록 불러봅니다.

코스모스 사연

따르릉 따르릉
전화벨이 울리고
정감어린 제자의 대화가 오고 간다.

해 저무는 운동장 끝자락에서
가슴 메이도록
밀려오는 사연

악동들의
속살이 드러나도록 달리며
소리치며 부딪치는 사연

지금
우린 어느 만큼이나
변한 모습 되어있을까?

세월 흘러 주름진 얼굴에서
지나온 사연 읽으며
소리 없이 밀려가는
코스모스에 실어 나르는 사연

사랑하는 이들이여

우린 이제

무엇이 되어

사연들을 실어 나를 수 있을까

언젠가는 만날 수 있으려나

하얀 파도에 부서지는 물방울처럼

휘날리는 코스모스 꽃잎처럼

이토록 가슴 답답한 날이면

어둠의 고독을 부여잡고

허공에 날려보는 내 사연들

내 사랑하는 이들이여

어머니란 이름

이 세상에서 언제 들어도 아름다운 이름이 있다.

바로 어머니란 세 글자이다. 성경은 우리 모두에게 언제 들어도 아름다운 메시지를 던져 주고 있다.

〈"자녀들아 너희 부모를 주 안에서 순종하라. 이것이 옳으니라. 네 아버지와 어머니를 공경하라. 이것이 약속 있는 첫 계명이니라."〉

난 살아생전 어머니와 가깝게 지내지 못 했던 것 같다. 사사건건 부딪치기만 했다. 어머니가 간암 말기 판정으로 기독교병원에 입원하여 이틀 만에 하나님의 부르심을 받았을 때 임종을 나만 지켰다. 아마도 마지막 가는 길을 어머니는 불효자식이 옆에 있어주길 원하셨는지 모른다.

지금 생각하면 어머니가 작은 소리로 무엇인가를 부탁하셨는데 알아들을 수가 없었다. 무슨 말씀을 하셨는지 모르겠다. 아마도 자식에게 미안함을 표시하신 말씀일 것이다. 지금에 와서야 후회하고 후회한다.

교회에서 찬송가 304장을 부를 때마다 목이 메어 이 찬송을 부를 수 없다.

〈"어머니의 넓은 사랑 귀하고 귀하다. 그 사랑이 언제든지 나를 감싸줍니다. 내가 울 때 어머니는 주께 기도 드리고, 내가 기뻐 웃을 때

에 찬송 부르십니다."〉

옛날 어린 시절 어머니 손에 이끌려 아버지를 찾아 휴전선 지뢰밭을 목숨 걸고 넘어오시던 그때에도 어머니는 굳센 신이었습니다. 아버지를 만나 초등학교 시절 한글을 몰라 애쓸 때 어머니는 나의 가정교사며 스승이었습니다

자식들은 내 곁에 어머니가 없을 때에야 후회하고 사나 봅니다.

시대는 변해서 현대판 고려장이 행해지고 있다는 소식이 종종 신문과 매스컴을 메우곤 합니다.

어느 나이 드신 선배 동료가 들려주던 이야기가 생각납니다.

말썽 부리는 아들을 아버지가 회초리를 들고 때리려 하자, 아들은 요리조리 도망갑니다. 아버지는 더욱 화가 나서 계속 잡으려 합니다. 아들은 잽싸게 도망하려 합니다. 아버지는 다리를 잘못 디뎌 언덕 밑으로 굴러 내리게 됩니다. 이를 본 아들은 "급하면 먼저 가세요!" 라고 외친다고 합니다.

도산 안창호 선생님은 어머니로부터 매를 맞으면서 힘이 없으신 어머니를 보고 울었다고 합니다. 이 두 우화를 보며 세상은 변하고 교육은 땅에 떨어졌음을 느끼게 합니다. 존속살인이 하루가 멀다 하고 신문에 오르내리는 현실이 안타깝습니다.

동방예의지국이라는 이 나라가 왜 이리 되었는지 모르겠습니다.

이 모든 것이 선생님 책임이며 일등만 강요하는 사회의 잘못이 아닐까요?

다시 한 번 효의 참뜻을 알고 청소년들을 지도하는데 매달려야 하는 것이 기성세대의 일이라 생각해 봅니다.

아내에게 보내는 글

"敵軍(적군)장교와 60년 '못다 한 사랑' 유럽이 울었다."는 큰 제목의 기사가 중앙일보 신문 한 면을 장식했다.

사랑이 아름다울수록 운명은 혹독한가? 60년 가까운 기다림 끝에 다가온 짧은 만남, 그리고 영원한 이별. 지난달 80세로 세상을 떠난 한 그리스 할머니가 온 유럽인의 가슴을 적시고 있다.

〈안겔리키 스티라티고우〉 이 할머니는 아모레 셈프레(영원한 사랑)이라는 이탈리어로 끝나는 두 통의 엽서를 가슴에 끌어안고 숨을 거뒀다. 할머니가 숨지기 직전 몇 분 동안 한말은 "티 아스페토 콘 그란테 아모레 (난 위대한 사랑을 안고 그대를 기다렸어요.)"

시간은 1941년 8월로 거슬러 올라간다. 두 남녀는 전쟁 중 싹튼 사랑을 평생 동안 간직했고, 재회 1년 만에 죽음이 갈라놓았다. 이 세상에서 60평생 동안 한 남자를 위해서 기다리다 간 여인이 있을까?

우리 현실 속에서 하루에도 4쌍이 결혼하고 1쌍은 이혼으로 치닫고 있다는 결혼 풍속도의 통계를 보며 오늘을 사는 젊은이들에게 이 사랑의 이야기를 들려주고 싶다. (중앙일보 기사 인용)

요즘 젊은이들은 쇼킹하고 속도감 있고 빠르지 않으면 상대하려고 하지 않는다. 친구들과도 잘 어울리지 않는 젊은이들이 많다. 어디서나 보면 휴대폰과 씨름하고 있다. 그것이 친구가 되어버리고 말았다.

나도 아내와 영원한 사랑을 하고 싶다.

사람은 나이가 먹을수록 추억을 먹으며 산다고들 한다.

나와 아내는 내가 22살, 아내가 19살 되는 해에 만나 7년간을 교제하며 많은 시련 끝에 결혼하였다. 젊은 날의 그 애틋한 사랑과 현실 속에서 지금의 젊은이들처럼 괴로움에 고민하고 밤을 지새우며 눈물을 흘리고 괴로워했던 기억들…

그런 추억 속에 우린 무일푼으로 단칸방에서 살림을 꾸리며 사랑 하나만으로 두 딸의 아버지가 되었다.

아내는 지금 우리 의술로는 치료할 수 없다는 골수암으로 6년을 투병하고 있다. 이 괴로움을 덜어 주고 나누어 가질 수 있다면 모두 내가 짊어지고 가고 싶다. 젊은 날 고생하며 말할 수 없는 고생 속에서도 남을 미워할 줄 몰랐던 내 아내, 단칸방에서 연탄불조차 피울 수 없는 속에서 핏덩어리 큰 애를 감싸며 감사하며 살았던 아내, 이제 좀 가슴 펴며 살아가려 하는 아내를 하나님은 데려가려 하고 있다. 정말 신은 존재하는 것입니까? 누군가 말했던가, 신은 세상에서 가장 필요한 사람부터 데려가고 가장 쓸모없는 사람은 가장 늦게 데려간다는 말…

오늘도 가슴 메이는 마음으로 온 가족이 기도합니다. 며칠 밤을 지새우며 기도해도 실감이 나지 않습니다.

당신은 갈 수 없습니다. 더 살아야 합니다. 두 딸을 두고 먼저 간다면 당신은 나쁜 사람입니다.

우리 용기를 잃어버려선 안 됩니다.

여기 신문에 실린 기사를 보며 용기를 잃지 말고 힘내봅시다.

지난 10월 오후 2시 10분 하루 전 처러진 런던 국제 마라톤 골인

점 지역에서 양팔에 목발을 짚은 여성 선수가 숨을 몰아쉬며 골인 점에 도착했다. 무려 30시간 10분의 마라톤 완주. 50세의 〈조 코풀로 위즈 (뉴욕출신)〉. 원인을 모르는 불치병인 다발성 경화증으로 25년째 투병중인 그녀는 낮과 밤을 꼬박 달린 끝에 완주에 성공했다. 모든 시민들은 그녀에게 박수를 치며 성원을 보냈다.

우린 젊은이들과 이 여인의 끈질긴 인내와 투지를 배워야 합니다.

당신도 꼭 그렇게 되리라 믿습니다.

예수님은 성경에서 보듯이 수많은 기적을 보여 병 고침의 은사를 주심을 보지 않았습니까?

너희가 기도할 때에 무엇이든지 믿고 구하는 것을 다 받으리라 하셨습니다.

하나님은 반드시 치유의 은사를 우리에게 줄 것입니다.

저 소리가 들리죠? 사랑하는 딸아! 일어나라! 꿈을 잃어 버려선 안 됩니다. 꿈을 잃어버린다는 것은 죽음입니다.

설사 당신과 나를 이 순간 갈라놓는다 해도 우리도 영원히 변하지 않는 영원한 사랑을 합시다. 이 세상에서 둘이서 함께 끝나는 날까지 항상 기뻐하며 살아갑시다.

당신을 사랑합니다.

---

* 2004.1.10. 4시30분 아내는 끝내 하늘의 부르심을 받고 저 세상 사람이 되었습니다. 내 책 한 면에 아내의 두 편의 글을 싣게 됨을 독자들에게 용서를 빕니다.

아내의 죽음

프랑스의 철학자 몽테뉴는 그의 글에서 이렇게 말하고 있다.
현명한 사람은 생명이 주어져 있는 데까지 살지 않고 살아야 할 필요가 있을 때까지만 산다. 우리들이 자연으로부터 물려받은 고마운 선물은 삶과 죽음이란 진퇴의 열쇠다.
자연은 인생의 입구를 하나밖에 정하지 않았지만 반대로 출구는 무수히 마련해 놓았다. 우리는 죽음이 만 가지 병의 약이라는 것을 알아야 한다.

오늘 중국 대륙 소주에서 아내의 운명 소식을 들었다. 정신이 멍해 오며 가슴이 메이면서 아무 생각도 나지 않았다. 중국 공항에서 입국 수속을 위해 뛰어다니며 개인 비자 발급을 받고 간신히 한 장 남은 비행기 표를 받아들고 눈앞이 흐려옴을 느꼈다.
인하대 영안실.
나보다 먼저 소식을 듣고 조문 온 문상객들이 나를 맞이한다. 임종도 보지 못한 채 2004년 1월 10일 4시 45분 조용히 아내가 전화로 들려준 한마디, "잘 다녀오세요…"
그 한마디를 남기기 위해 그렇게 어려운 나날을 견디어 냈던가? 그렇게 하늘나라로 갔다.
신은 그를 아픔과 고통이 없는 하늘나라로 편히 잠들게 하였다.
죽음의 날은 어느 곳에서 오든 누구에게나 꼭 한번쯤은 오고야만

다. 마치 실타래에서 풀려가는 실이 어느 곳에서든 끊어지듯이, 죽음도 실의 끝과 마찬가지로 거기가 끝이다. 인간의 삶이란 누구에게나 받아 들여야 할 죽음이 있다. 그러나 그 죽음이 온당한 것이건 아니든 간에 우리는 신에게 감히 원망하기도 한다. 그러나 무슨 소용이 있으랴!

아내의 싸늘한 시체를 보며 난 통곡한다. 부평 추모공원에서 한줌의 흙이 되어 나오는 유골함 앞에서 통곡한다. 눈이 내리고 있다. 아내와 내가 만난 그날도 흰 함박눈이 내리고 있었다. 그를 나란히 놓여있는 납골당에 두고 돌아서는 내 발길이 자꾸 뒤돌아보게 한다.

미국의 소설가 헤밍웨이는 "고통이 따르지 않는 쾌락은 삶이라고 할 수 없다." 고 말하고 있다.

인간이 살아가는 데는 슬픈 일도 있고 기쁜 일도 있다. 그런 일들이 끊임없이 교차하면서 사람들을 살아가게 하고 있다.

신은 이런 것들을 만들어 놓고 우리 인간들의 저항력을 시험하고 있는지도 모른다.

자신의 과오를 다시는 되풀이하지 않기 위해 우리는 지난 일에 끊임없이 반성하고 더 나은 무엇인가를 찾아 헤매는 것인지 모른다.

시간이 약이란 말이 있다. 이렇게 세월이 흐르다 보면 하나 둘 잊어지겠지. 신은 인간에게 망각의 선물을 주셨으니까?

나도 이렇게 잊어갈 것이다.

나의 생각들

레티 땅(사이공대학 사범대학 철학과 교수)

그의 글이 마음속에서 지워지지 않는다.

"白旗에 무엇을 쓸까?

〈패자에겐 깃발이 없다. 색깔도 무늬도 없는 백기만이 있을 뿐이다. 나라마다 제가끔 다른 깃발이 있지만 패한 자의 나라는 어느 때 어디서나 다 같은 공동의 백기를 내 걸어야한다.

패자는 이긴 자 보다는 할 말이 많다. 그 감정 역시 복잡하다. 그런데도 항복의 깃발은 어째서 텅 빈 백기여야 하는가.

나는 그 흰 깃발에 무수한 언어를 적고 싶다. 백기처럼 무표정한 얼굴로 그냥 이 전쟁의 종말을 맞이하고 싶지는 않다. 우선 거기에 自由란 말을 쓰고 싶다.〉"

자유란 느껴 본 사람만이 참 의미를 알 수 있다. 어머니를 따라 자유를 찾아 남한으로 목숨을 걸고 넘어오던 그때가 생각난다. 군대시절 일과표에 의해 1년을 반복하며 훈련하던 그 시절 내가 나라를 지키기 때문에 내 부모와 형제가 마음 놓고 쉴 수 있고 편히 쉴 수 있다는 일념으로 보낸 35개월 15일, 그 시절에 난 뼈저리게 자유를 느꼈다. 자유를 배웠다. 값진 기간이었다.

敗者는 백기를 들 수밖에 없다. 난 그러기위해 달리고 달린다. 백기를 들지 않기 위해 나라를 통치하는 이들은 이 백기의 무서움을 알아야한다.

　진정한 사랑.

　누군가는 말한다.

　진정한 사랑이란 동정심이 아니라 같이 아파하는 마음이다. 사랑은 더러운 물을 정화시킬 수 있는 무서운 힘도 있다. 그것을 퍼내버리는 힘이 아닐 것이다. 낮은 것도 이 사랑의 힘에 의하여 한없이 높일 수 있는 것, 사랑의 힘일 것이다.

　군인 고 강재구 소령의 일기 한 토막이 생각난다.

　〈군인이란 웃는 일이 있을 때만 웃고 즐거울 때만 즐기는 것이 아니다. 군인은 스스로 웃음을 만들어야하며 자신이 쾌활하도록 노력해야한다. 누군가 위로해 줄 사람도 없다. 고통 속에서 껄껄 웃을 수 있는 자가 참다운 군인이다.〉

　난 군인시절 강재구 소령의 이 글을 수없이 읽으며 괴로운 일, 위험한 일, 모든 일들을 이길 수 있었다.

　요사이 군 생활하는 젊은이들도 이 글로 위안을 삶고 군 생활을 했으면 한다.

　〈철학자는 말한다. "바로 사는 것이 참되게 사는 것이라고."

　종교가는 말한다. "옳게 믿는 것이 바르게 사는 것이라고."

　시인은 말한다. "바로 느끼고 힘차게 사랑하는 것이 참 잘 사는 것이라고."〉

그러나 난 "바르게 살다 바르게 죽는 것이 정말 잘 사는 것"이라고 말하고 싶다.

문득 "무기여 잘 있거라"에서 나온 글이 생각난다.

〈우리는 평범하게 살지 않을 거예요. 심각하게 생각하기에는 너무 짧습니다. 인생은 이따금 일부러 오해를 만들고 그 오해 때문에 헤어지는 수가 많습니다.〉

인간의 삶이란 신이 부여해 준 한정된 테두리 안에서 살다 가는 것이건만 내 인생의 좌표는 흐트러지기만 할까. 앞으로 내가 가는 길이 얼마만큼 내 좌표대로 움직여 줄 것인지 난 모른다.

난 젊었다. 젊다는 투지 하나만 가지고 밀고 나갈 것이다.

아름다운 신문 이야기

강요된 아름다움도 아름다운 미관이 될 수 있다. 그러나 성형을 한 미인처럼 처음은 아름다울지 몰라도 세월이 지나면 부모로부터 물려받은 미인이 더 아름다울 수 있다.

강요된 아름다움은 어느 경우나 감동과 공감이 있을 때 더 진가를 발휘할 수 있다. 그것은 생활의 맥락에서 우러나온 감정이나 펼쳐진 광경에서만 가능하지 않을까. 그래서 자연 그대로의 아름다움이 훨씬 아름다운 게 아닐까. 인조로 되어 있는 꽃은 향기가 없고 순간은 아름다울지 몰라도 생화는 향기가 있고 생명력이 있어 좋다.

어느 신문에 실린 감동적인 이야기가 있다.

1952년 "헬싱키"의 올림픽대회 때 일이다. "스웨덴"의 왕이 "헬싱키"를 방문했다. 많은 군중들이 이웃나라 왕을 환영하기 위해 공항에 나와 질서 정연하게 서있었다.

왕이 막 연설을 시작하려는데 느닷없이 한 아이가 연설대 앞에 달려 나왔다. 그 아이는 누더기 옷을 입고 있었다. 필경 가난한 집 아이인 것 같았다. 왕을 선도하던 사람은 "헬싱키" 경찰서장, 그는 어린 아이를 번쩍 들어 품에 안고 아무 일도 없었던 것처럼 왕을 계속 선도했다. 어린아이는 서장 어깨위에 달린 장식을 만지며 즐거워했다. "스웨덴" 왕도 즐거움을 감추지 못했다.

이런 광경을 군중들은 일제히 박수를 보냈다.

이튿날 "헬싱키"의 경찰서에는 남녀 대학생들이 보낸 꽃으로 서장실이 꽃에 파묻혔다.

한 편의 동화 같지만 픽션 보다 더 감명을 준다. 핀란드 사람들은 자신의 나라가 숨겨두고 있는 아름다움을 이웃나라에 보여준 것이다. 〈신문에서〉

있는 그대로의 아름다움을 보여 주는 나라, 그런 나라의 국민들과 지도자가 부럽다. 그래서 아름다움은 잘 인공적으로 다듬어진 것보다 으리으리하게 꾸며진 것보다 자연 그대로의 아름다움이 더 좋은 감명을 주는 것인가 보다.

산에 오르면

이른 새벽
동이 틀 무렵
더운 열기 가시려
산에 오른다.

땀이 흐른다.
베잠방이 겉옷 하나 걸치고
아무도 지나가지 않은
산 속 길을 홀로 걷고 있다.

다람쥐가 잽싸게
도토리 한 입 입에 물고
이름 모를
산새 한 마리 재잘 거리고 있다.
이 깊은 산 속을
베잠방이 하나 걸치고
무작정 걷고 있다.

속살이 훤히 보이고
흐르는 땀 한줄기가

등줄기 간지럽히고
멀리 동양화학공장 건물이
갈기갈기 뜯기어 나가고
옛날 어린 시절 미역 감던
월미도 갯벌이 생각난다.

추억만 남은 그런 것이 지배하는
나이
젊은 날의 꿈을 꾸고

삶이란 것

난 아무것도 쓸 수 없을 만큼 지쳐있다.

아직은 건강한 편이라고 자부하고 있던 나, 그러나 온몸이 공연히 아파오고 있다. 아무것도 생각하지 않는 무공황상태인데도 피로하다. 지금의 내 생활을 만끽하려 애써본다.

틈 없이 헤프게 불평하며 이 삶을 이어가고 있다.

목사님의 메시지에서 말씀하시듯 십자가는 무엇일까?

"하늘과 땅을 연결하고 이웃과 이웃을 연결하게 해주는 것이 십자가" 라고 말씀하신다.

우리 모두가 하나가 될 수 있고 서로를 용서할 수 있는 것은 십자가 앞에서만 가능하다. 모든 이들이 하나로 화목하게 할 수 있는 것이 십자가다.

사랑하는 남녀가 굳이 사랑하느냐고 묻지 않아도 서로를 느낄 수 있듯 그냥 믿음하나로 사랑하는 사람을 안아 주십시오. 사랑은 각자의 마음 안에 있습니다. 사랑은 믿음 안에서만 가능합니다. 믿음이 없다면 서로를 각자의 마음으로 재고 있을 것입니다.

내가 가는 길.

　이 길을 사랑하는 이와 걷고 있다면 이 길이 아무리 험하고 어려운 길이라 하더라도 너무 짧고 가슴 벅차고 설레는 마음으로 기쁨 속에서 걸을 것입니다.

　이 땅에는 아버지란 이름으로 수많은 사람이 살아가고 있습니다. 그러나 다 같은 아버지가 아닙니다. 어떤 아버지로 살아갈 것인가는 자신의 마음에 있습니다.

　언젠가 읽은 20년 전 어려운 시절 대접을 받은 우유 두 잔을 잊어버리지 않고 먼 훗날 의사가 되어 우유 두 잔이 그때 치료비라고 말하는 의사가 그립습니다.

　그리움은 사랑입니다. 사랑한다는 것은 그리움입니다.
　당신이 보고 싶습니다.
　삶이란 바람처럼 왔다 흔적 없이 사라지는 것, 그것이 사랑입니다. 마음에 퍼지는 아지랑이처럼 향기도 미처 느낄 틈 없이 사라지는 신기루 같은 사람 그것이 당신인지 모릅니다.

　사진 속에서 꽃다운 나이에 찍은 아내가 웃고 있다.
　누구에게나 한번쯤 마음을 온통 설레게 했던 당신들의 아내 그 고운 자태.

내가 다시 태어난다면 내 아내 같은 사람을 만날 수 있을까? 이렇게 생각하는 남편들이 많은 세상이 되었으면 좋겠다.

굳이 사랑하느냐고 이젠 묻지 마십시오.

그냥 믿음으로 살아온 당신의 그 사랑을 안아 주시면 됩니다.

사랑은 내 마음 속에 있습니다. 그냥 사랑한다 표현하기가 힘든 것이죠.

사랑은 믿음으로부터 시작됩니다.

사랑한다면 당신은 항상 내 곁에 있는 것입니다.

아름다운 단어 세 개를 나열한다면 당신은 어떤 단어를 나열하겠습니까?

전 어머니, 사랑, 그리움이 가장 아름다운 단어라고 말하고 싶네요.

삶은 바람처럼 왔다 흔적 없이 가버리는 것.

그리움은 마음에 퍼지는 아지랑이 같은 향기입니다.

우리들의 삶의 끝, 종착역이 보이기 시작합니다.

이런 나이가 되면 모든 것이 아름답게 보였으면 합니다.

물이 언제나 섞고 섞어도 하나가 되듯, 우리 인간들의 마음도 좋은 생각들로 섞여 하나가 되는 사회가 되었으면 합니다.

70이 훨씬 넘은 나이에 휴대폰 가게를 갔다.

휴대폰 작동법을 문의했다. 할아버지는 어려워서 안 된다고 시도도 해보지 않고 거절했다.

정말 화가 났다. 가르쳐 주려고도 하지 않았다. 마음속으로 이 가게는 가지 말아야지 다짐한다.

법정 스님의 말씀이 생각난다.

모든 것은 지나간다.

이 세상에 영원한 것은 아무것도 없다.

I can do it. (나는 할 수 있다.) 배우고 배우리라.

옛날 어린 시절 명절 아침, 부모님으로부터 받은 검정 운동화 한 켤레를 끌어안고 기뻐했던,

그런 어린 시절이 그립다.

다음날 아침 비가 억수로 내려 운동화가 비에 젖을까봐 옆에 끼고 맨발로 학교 가던 그 시절.

즐거움 뒤에는 외롭고, 고독하고, 슬픈 일들이 더 많은 것을 우리는 알아야 한다.

꿈을 꾸고 산다는 것은 희망이 있다는 것이다. 그리고 아름답다.

20대의 꿈처럼 평생 꿈을 꾸고 살 것이다. 아직도 멀리 여행을 할 수 있다는 것은 행복이고 우리를 설레게 한다. 가보지 않은 미지의 세계를 갈 수 있다는 것은 희망이고 아름답다.

지워지지 않는 흔적들

수많은 날이 흘러도
흑백 사진처럼 되살아나는
이름 하나 있습니다.

말 한마디 걸어보지 못하고
세월이 그렇게 흘러도
흔적 없이 지워야 한다면서도
마음 한구석에서 되살아나는
이름 하나 있습니다.

비오는 날 오후
왜,
때 지난 이 나이에
지워지지 않은 흔적이 투명하게
되살아나는지 모르겠습니다.

마음 한구석에 묻혀 있었던가요.
종교의 세례명인지 모르는 이름
어린 시절
그냥 그렇게 불렀습니다.

마리아

아주 어릴 적
코스모스 꽃 하늘거리듯
그가 내 앞에 서있었습니다.
사랑인지, 그건 몰라도
좋아했습니다.

마음 비좁은 한구석에서
새싹이 돋아나듯 되살아나
흔적 없이 지워야 한다면서도
지워지지 않는 이름 하나 있습니다.

이렇게 가을비 내리는 날
우산 하나 받쳐 들고 그가 서 있었습니다.
미인인지 그건 중요하지 않습니다.
그냥 마음 한 구석에 남아있는
그런 여인이 있습니다.

언젠가는 지고 말

하루가 끝나는 이 시간
떠오르는 해처럼 수평선에 걸려있는
선명하게 다가오는
당신의 그림자
원래 태양 모습 그대로
저물고 마는
내가 언제부터인가 좋아하는 석양입니다.

언제부터 사랑했던가요?
달덩이처럼 환하게 다가오는
태어날 때 모습 그대로
나의 마음속에서 활활 타오르는
그대의 모습
내 꿈이 깨어지지 않는 한
사랑은 변하지 않고 살아갈 수 있습니다.

믿음은 사랑을 낳습니다.
사랑하기에 믿음이 있습니다.
그대를 향한 내 마음은
꿈속에서도 내 외로움을

달래주고 있습니다.
당신을 그리워하는 일이
내 전부가 될 줄은 몰랐습니다.

이렇게 바람 부는 날이면
고독이 뼈 속까지 사무칠 줄은
몰랐습니다.
당신을 향한 슬픈 눈동자로 다가와
수평선으로 사라지고 말
당신의 그림자를 다시 밟고 있습니다.

눈은 내리는데

첫 눈이 솜털처럼 쌓여가고 있다.
젊은 날의 꿈을 실어 나르고 있다.
무거운 어깨위로 쌓여 가는
내 젊은 날의 꿈은 어느 만큼 가고 있는가.

이 나이가 되어서
사람의 걱정만 실어 나르고
모든 꿈은 사라져만 가는
신기루 같은 추억만 실어 나르고
내 사랑하는 이에게
눈이 내린다고 외칠 수 있는 감정이 남았는가

내 삶은 근심의 날개만 남아
한숨만 실어 나르고
지금
한 장의 꿈이라도 남아 있는가

황혼에 들어선 이 나이에

황혼에 들어선 이 나이에 난 어디로 가고 있는가
종착역 눈앞에 서 있는데
난 무엇을 위해 살아가고 있는가
나의 꿈은 과거에만 매달려 나를 조롱하고 있다.
서해로 사라지는 강렬했던 태양에
수평선에 걸쳐 있는 작은 조각배 한 척이
황혼에 들어선 나를 실어 나를 수 있을가

황혼에 들어선 이 나이에 우리는 어디로 가고 있는가
마지막 종착역에서 우린 어떤 모습일까
인천대교로 떨어지고 있는 태양처럼
저물고 있는 이 나이에 무엇을 마음에 담아야 할까
우리들이 살아온 시작과 끝이 어떤 모습으로 담아 올까
아무것도 쓸 수 없는 공허한 백지장에
어떤 꿈과 희망을 그려야 할까

황혼에 들어선 이 나이에 삶은 어떻게 남을까
한 장의 백지장 같은 인생
한 평생 쓰고 지워도 아무것도 쓸 수 없었다.
지금 한 장의 백지장으로 남은 공간에
난 이렇게 채웠다.
지금 사랑하는 이를 만나러 가고 있다.

노광훈 소설

세월의 바람개비

초판발행 / 2019. 2. 28

지은이 / 노광훈
펴낸이 / 윤미경
펴낸곳 / 도서출판 다인아트
　　　　출판등록 1996년 3월 8일 제87호
　　　　인천광역시 중구 개항로14 2F
　　　　tel. 032+431+0268 / fax. 032+431+0269
　　　　e-mail. dainartbook@naver.com

인쇄·제본 / 신우인쇄

값 / 12,000원
ISBN 978-89-6750-069-6 (03800)

※ 잘못된 책은 바꾸어 드립니다.
※ 이 책의 일부 또는 전부를 재사용하려면 반드시 저작권자와 출판사 양측의 동의를 받아야 합니다.